겨울의 눈빛

박솔뫼 소설집
겨울의 눈빛

초판 1쇄 발행 2017년 9월 25일
초판 3쇄 발행 2021년 8월 17일

지은이 박솔뫼
펴낸이 이광호
펴낸곳 ㈜문학과지성사
등록번호 제1993-000098호
주소 04034 서울 마포구 잔다리로7길 18 (서교동 377-20)
전화 02)338-7224
팩스 02)323-4180(편집) 02)338-7221(영업)
전자우편 moonji@moonji.com
홈페이지 www.moonji.com

ISBN 978-89-320-3042-5 03810

이 도서의 국립중앙도서관 출판예정도서목록(CIP)은 서지정보유통지원시스템 홈페이지(http://seoji.nl.go.kr)와 국가자료공동목록시스템(http://www.nl.go.kr/kolisnet)에서 이용하실 수 있습니다. (CIP제어번호: CIP2017023814)

겨울의 눈빛

박솔뫼 소설집

문학과지성사

차례

어두운 밤을 향해 흔들흔들

부산역에서 부산타워가 보이는가 그렇지 않은가. 보이는 것도 같고 아닌 것도 같고 그러고 보면 안개 속에 서 있는 부산타워를 부산역 앞에서 본 듯도 하지만 그게 언제야? 진짜 본 거야? 하고 물으면 자신이 없었다. 어떤 것은 분명하게 기억이 나는 것이 있다. 부산역을 지나 중앙동 일대 골목길에서 고개를 돌리면 보이던 부산타워. 남포동에서도 부산타워는 보였고 그 역시 기억이 난다. 부산역 앞에서 부산타워가 보이는가 봤던 것도 같아 보일 거야 생각하다가도 확실히 본 적은 없으니 보인다고 말할 수 없지! 결론을 내리면 안 보일 리가 없잖아 그래도 타워이고 높은 지대에 있고 그리 멀지도 않은데라는 생각을 하게 되고 그렇게 몇 번이나 그런가—아닌가—그런가—아닌가—생각했다. 어떨 때는 부산타워의 모습도 가물가물했는데 곰곰이 생각해보면 어떨 때가 아니라 늘 언제나이지 않나. 애초에 타워라는 것이 에펠탑이나 피사의 사탑이 아닌 이상 본다고 아 이렇게 이렇게 생겼지 하고 기억하게 되는 것이 아니었다. 어디의 어느 타워라도 보통은 그렇겠지. 타워를 그려보라는 숙제를 해간 아이들 정도가 기억할 것이다. 뚜렷한 타워의 모습은. 그런 숙제를 내주는 학교가 도무지 부산에는 없을 것 같지만. 왜인지 외국의 독일 같은 데서 그런 숙제를 내줄 것은 같다. 다시 생각해보니 매일 부산타워를 보는 아이들도 왠지 타워의 모습만큼은 잘 모를 것 같고 누가 부산타워는 이런 모습이었지 하고 기억해줄까. 아주 아무 일도 아닌 듯이 쉬운 일처럼 누구나가 그리는 것이었으면 좋겠다 하고 바라다 말았다.

낮에 부산타워에 한번 가볼 걸 그랬나 하는 생각이 이제야 드는데. 에스컬레이터를 타고 아니면 계단을 오르고 그도 아니면 공원을 향한 산책로를 따라 걷는다 부산타워를 향해. 입장료를 내고 엘리베이터를 타면 안내원은 현재 위치와 높이를 설명해주고 아주 빠른 속도로 오르지만 실제로 그 속도를 크게 느낄 수는 없고 엘리베이터에서 내리면 창을 통해 강하게 들어오는 햇살에 눈이 부신 얼굴을 하는 것도 좋았을 것이다. 그게 아니면 비 오는 오후 창에 빗방울이 맺히고 다른 날이면 마시지 않을 타워 안 매점에서 파는 커피를 마시며 창밖을 보는 것도 좋았을 것이다. 창가에서는 냄새가 나겠지. 가만히 생각해보았는데 낮에 타워에 가는 것도 좋았을 것이다 정말. 돌이켜보면 내가 야경이라는 것을 보려고 애썼던 것은 아니었는데 어째서인지 늘 밤에 그곳을 향했고 엘리베이터 문이 열리면 주황색 불빛들이 창에 가득했다. 그래서 정확히 타워의 모습을 기억할 수 없는 건가. 그릴 수 있을 듯하지만 아무래도 희미한 느낌이었다. 아무래도 희미한 느낌. 뿌옇고 잡히지 않는 모습. 그런 것을 매일 밤 생각했다. 잠이 들기 전 마음속으로 연필을 들고 선을 긋듯이 천천히.

부산타워의 모습은 언제나 희미했지만 내부는 비교적 선명했다. 엘리베이터를 타고 내리면 우선 바깥을 잘 볼 수 있는 커다란 창이 보였고 창 밑으로는 목욕탕 타일 같은 크기와 색으로 단지 그보다는 좀더 화려하고 반짝거리는 느낌의 타일이 박힌 벽이 보였고 창과 타일을 따라가면 내부는 원형에 가까운 다각형의 공간임을 알 수 있었다. 창과 창 사이 남는 공간에는 세계의 다른 타워들의 사진도 액자에 걸려 있었다. 어디의 어떤 타워는 몇 미터이고 언제 지어졌으며 그런 것들. 하지만 무엇보다 선명한 것은 커다란 창 가득 보이는 주황색 불빛들. 이런 것을 사람들은 우리들은 야경이라고 부르고 야경은 건물들이 만들어내는 것도 같고 자동차들이 만들어내는 것도 같고 그 둘 다이었겠지만 부산타워에서는 언제나 가득

했다. 부산타워의 창에서 야경이 보이기도 했지만 밤중의 부산타워도 밤 속에서 빛나고 있었다. 문득 고개를 돌려 타워를 볼 때면 아 빛나고 있어 하고 중얼거리다가도 저곳에 올라가면 더 빛이 나는 것들을 볼 수 있겠지 생각했다. 그런 몇 가지 기억들이 사진처럼 찍혀 부산타워의 모습을 그리려고 하면 부산타워의 모습보다 먼저 기억이 났다.

엘리베이터는 내린 층에서 한 층 더 올라가서 탈 수 있었는데 그곳에 아이스크림과 커피를 파는 작은 매점이 있었다. 창에 서서 반짝이는 주황색 불빛들을 바라보면 아 저곳은 어디인가 아득하다 느끼다가 잠깐 고개를 위로 하면 저곳이 어디인지 알려주는 이름들이 있었다. 타워 내부의 창마다 그 창에서 볼 수 있는 장소들이 씌어져 있었는데 예를 들어 부산여객터미널이라든지 부산역이라든지 그런 것들이었다. 여기까지 생각해보면 타워에서는 부산역이 보이는 것이 당연하고 부산역에서도 타워를 볼 수 있는 것이 분명히 당연할 것이다. 그저 내가 본 적이 없어 그런가 하고 있을 뿐이었다. 후에 나는 내가 부산타워에 대해 품었던, 확신할 수 없는 몇 가지 것들이 실은 너무나 간단하고 명확했다는 것을 알게 되지만 그 모든 것을 알게 되는 시간을 지나온다고 해서 바뀌는 것은 없었다. 그저 가만히 그려보다 말게 되는 것이었다. 결국에 이르러도 말이다.

"부산타워는 꽤 이상한 모양인데?"

"그래요?"

"응, 그냥 봐도 좀 이상한데."

"그냥…… 뭔가 솟아 있는 거 아닌가요? 그냥 솟아 있고 꼭대기는 좀 뾰족하겠고 중간에 불룩한 부분도 있을 것 같고 뭐 그냥 그런 거요."

"아냐. 이거 봐. 이런 게 달려 있다고 타워에. 이상해. 이상한 모양이야 역시."

이 이야기를 해준 것은 부산타워를 반복적으로 그리던 사람이었는데 그 사람은 흰머리가 섞인 짧은 머리에 터틀넥 스웨터와 청바지를 자주 입고 다니는 사람이었다. 우리는 서로에게 어째서 부산타워를 그리느냐 한 사람은 손으로 또 한 사람은 머릿속으로 그렇게 물었는데 우리 둘은 글쎄 하고 고개를 비스듬히 하고 한숨을 내쉬었다. 부산역에서 부산타워가 보일까요 그렇게 물었을 때 그 사람은 당연히 보이지 무슨 소리야 할 줄 알았는데 의외로 내가 할 법한 대답을 했다.

"글쎄, 당연히 보일 텐데 그 자리에서 본 적이 없는 것 같은데? 본 적이 없어서 뭐라 말을 못 하겠네." 그리고 그는 고개를 다시 스케치북으로 향했다. 부산타워를 그렸다.

부산타워를 그리는 사람들은 그 후로도 몇이고 더 보았다. 부산타워를 찍는 사람들도 보았고 영화를 만드는 사람은 두어 명 정도 보았다. 고리원전 사고 이후 많은 사람들은 부산을 떠나거나 한국을 떠났고 하지만 다른 사람들은 그대로 살던 곳에서 살 수밖에 없었다. 높은 빌딩은 순번을 돌아가며 밤에 조명을 켜지 않게 되었다고 해야 할지 하기로 했다고 해야 할지 아무튼 그렇게 되었는데 그것은 조금 이상한 일이었다. 사고 이후 빛나는 야경 같은 것을 보면 아 우리는 저런 것을 위해서였어요. 아 우리는 저런 것을 위해서였어요? 하고 한숨을 쉬거나 묻게 되고 그것은 아주 씁쓸하기도 고개를 젓게도 했지만 그렇지만 어떤 사람들은 저런 것을 위해서였어요 바로 저런 것을 위해서였다고요 저런 것이 좋았고 비교할 수 없이 좋아요 하고 말했다. 저것보다 더 반짝일 수 있다면 더욱더 그것을 위해 더욱더 무언가를 했을 겁니다. 그것을 하는 것이라고 할 수 있을지 하는 것이라고 하기에는 들어맞는 것 같지는 않지만 어쩐지 밤이 낮처럼 환하기 위해 무언가를 흘리고 멈추고 웃어버리는 것은 그것대로 어떤 나름의 길이라는 생각이 들어요 하고 말했다. 그 사람은 아주 피곤하고 추워 보였는데 그 이야기를 하기 위해 남은 힘을 간신히 짜내어 쓰고 있는 것처럼 보였다. 바싹 마른 입술 끝은 하얗게 일어나 있었다. 큰 회사들은 백화점들은 밤의 반짝이는 것들은 규모를 줄이거나 순번을 정해 켜는 날을 정했고 뉴스에서는 옷을 껴입는 것으로 난방 용품의 사용을 줄이자고 했다. 그 내용이 흘러나오던 전광판은 일요일에는 사용을 중지하기로 했다고 한다. 부산시에서 운영하던 부산타워는 타워가 반짝이기 때문인지 부산에 반짝이는 것이 사라지고 있기 때문인지 아니면 예산 문제였는지를 이야기하며 당분간 문을 닫기로 했다. 나는 그것을 뉴스가 아니라 부산타워를 그리는 사람들에게 들었는데 그 사람은 그런 것은 뉴스에도 나오지 않는다고 했다. 뭐랄까 타워를 일부러 부수는 정도의 일이 되지 않고서야 뉴스에 실리지 않을 것이다. 우리는 아주 바쁘고 안간힘을 써야만 할 것 같았다.

사고 이후 부산타워의 운영이 축소되고 무기한 운영 중지가 결정되자 왜인지 자꾸만 그것을 그려대는 반복적으로 그리고 또 그려대는 사람들이 나타났다고 해야 할지 생겨났다고 해야 할지 그렇게 되었고 나는 그런 것을 하지 못해 가만히 앉아 부산타워가 어떻게 생겼더라 부산에 사는 다른 모든 사람들은 부산타워라는 말을 던지면 바로 어떤 모습이 머릿속에 그려지는 것인가 생각하다가 부산타워를 그리는 사람들을 다시 떠올려보고는 했다. 부산타워를 그리는 사람들은 타워가 보이는 계단에 앉아 스케치북을 무릎에 놓고 타워를 보다 그림을 보다를 반복하며 선을 그리다 지우고 다시 그리고는 했다. 계단 위에는 구둣방 같은 간이 건물이 두 개 있었는데 하나는 종이컵에 커피나 유자차를 타서 파는 곳이었고 다른 한 곳은 일본 문고본을 가져다 파는 곳이었는데 책의 대부분은 헌책이었다. 커피 가게에는 작은 간판이 있는데 커피 잔

모양으로 된 검은 스티커가 붙어 있었다. 부산타워를 그리는 사람들은, 나는 에펠탑도 유럽의 어느 거리도 밟아본 적이 없었지만, 어쩐지 에펠탑이나 성당, 미술관 앞에서 죽치고 앉아 그림을 그려서 파는 사람들처럼 너덧 명이 늘어 앉아서 부산타워를 그리고 또 그리고 있었다. 그러다 담배를 피우고 구둣방 같은 커피 가게로 가서 종이컵에 든 커피를 사 마신다. 누군가는 사진을 찍기도 했는데 그 사람은 멀리서 가까이서 부산타워를 찍고 또 찍었다. 그렇게 부산타워를 그리는 사람들 중 일부는 부산타워의 운영 재개를 위한 활동을 하는 사람들이었는데 우리에게는 위안이 필요하니까요, 부산타워는 부산의 상징 중 하나입니다, 실의에 빠진 사람들에게 부산타워는 작은 위안을 줄 것입니다, 이런 이야기를 하였다. 아무런 도움도 주지 못하고 오히려 손해를 주는 것처럼 보이는 것들이 우리를 위로하고 다독여줍니다. 어떤 사람들은 바로 그 이유 때문에 부산타워는 해운대의 높은 빌딩들은 서울의 63빌딩과 남산타워와 그리고 그리고 이어지는 많은 것들은 불을 꺼야 한다고 말을 했는데 사실 부산타워든 뭐든 빌딩 몇 개가 전체 전력난에 엄청난 영향을 끼치지는 않습니다 그러나 우리 모두 아주 나쁜 상태임을 절대로 잊어서는 안 됩니다 무엇이 벌어졌는지 환한 야경을 보면서 아 그러나 아름답네 고개를 돌리면 안 됩니다 발밑의 금이 간 유리를 덮으면 안 돼요 우리는 그 위에 서 있는 것입니다 하고 말했는데. 부산타워를 그리는 사람들은 둘 중 어떤 의견을 가졌건 아무 의견이 없는 사람들이건 부산타워를 반복적으로 그리는 것은 같았다. 그리고 또 그리기만 하였다. 내가 본 적이 없는 것인지 모르겠지만 유화물감을 사용하거나 수채화를 그린다거나 하는 사람은 아직 없었고 다들 연필이나 검은색 펜으로 부산타워를 반복해서 그리고 또 그렸다. 검거나 회색의 부산타워가 흰 종이 줄 노트 신문 귀퉁이 영수증 조각에서 크고 작은 크기로 나타났다가 겹쳐졌다가 사라졌다. 그리고 다시 나타났다. 부산타워 커다란 부산타워 건물들 사이에서 멀리 보이는 부산타워 점처럼 작은 부산타워 바다 너머 부산타워 수십 수백 개의 부산타워가 겹쳐졌다 반복되었고 넘겨졌다 나타났다. 나타났다 겹쳐졌고 페이지를 넘겨도 다시 반복되었다.

부산타워를 그리는 사람들 중 내가 가장 친하게 지낸 이는 부산타워 그 자체였는데 아직도 이걸 뭐라고 불러야 할까 생각하다가 만다. 생각하다가 말게 되는 것은 이것 말고도 많지만 아무것도 이것만큼 난감하지는 않았다. 부산타워를 만나게 된 것은 부산타워를 그리기 시작한 사람들이 생겨난 그즈음이었다. 부산타워의 운영을 당분간 중지하게 된 그즈음이라고 해도 될 것인데 사실 뭐래도 무슨 상관인가 뭐라고 해도 조금 이상해서 어느 겨울날이라고 하는 것이 낫겠다.

그때 나는 여느 때처럼 침대에 누워 이런저런 것들을 생각하다 다시 또 부산타워를 생각했는데 그때까지 내 옆에 누워 잠을 자던 고양이가 일어나 팔을 길게 위로 뻗어서 나를 놀라게 하더니 다시 이불 속으로 들어갔는데 고양이가 팔을 뻗은 자리에 고양이와 같은 크기의 부산타워가 서 있었다. 그것은 실제처럼 시멘트로 만들어졌고 어쩌고저쩌고 이러저러해서 실물이 나타났다는 것이 아니라 꼭 그와 같은 형태의 것이 서 있었다. 나는 이불을 들춰 고양이의 이름을 불러보았지만 그 애는 가만히 있고 나는 손가락으로 눈앞에 보이는 부산타워의 형체를 따라 그려보았고 꼭대기에서 시작한 손가락이 바닥에 왔을 때 타워의 형체는 사라지고 없었다. 눈을 감고 이불을 머리까지 뒤집어쓴 다음 이게 뭐지 이게 뭐지 생각하다가 손가락을 감싸고 방금 그게 뭐였지 뭐였지 다시 생각하다가 천천히 숨을 고르고 다시 손가락으로 따라 그려보았던 부산타워를 머릿속으로 떠올려보았는데 이전보다는 뚜렷한 듯했지만 두 번 세 번 다시 떠올려보려고 하니 처음처럼 뚜렷하게 떠오르지는 않았고 여전히 희미했다. 그러자 갑자기 베고 있던 베개가 스르륵 머리 밑에서 빠져나가 아까 고양이가 팔을 뻗던 자리로 가더니 베개 크기의 부산타워의 형태가 되고 고양이가 만들어낸 타워와 베개가 만들어낸 타워는 둘 다 실물이라기보다는 형태라는 것은 같았지만 아주 미세하게 미묘하게 고양이가 만든 타워는 좀더 고양이 같고 베개가 만든 타워는 베개 같았다. 베개는 임무가 끝났는지 내가 무서워하며 이불 속으로 머리를 집어넣자 빠져나올 때처럼 다시 스르륵 침대로 돌아왔다. 아까 그 자리로.

일주일에 두어 번 이 일은 반복되고 책이나 인형이 아니면 냄비나 주전자가 타워가 되기도 했지만 대부분은 고양이가 타워가 되었고 어느 날인가 고양이가 타워가 되기 위해 팔을 뻗을 때 나는 고양이의 팔을 붙잡고 아직 안 돼! 하고 고양이의 양팔을 잡고 말렸는데. 고양이는 순식간에 팔을 빼내고는 내 무릎으로 와 기대고 타워는 타워인 채로 말을 하기 시작했다. 타워는 자신에 대한 이야기를 많이 했는데 타워를 쳐다보며 그 이야기를 들었음에도 이불을 덮고 누우면 많은 것들이 희미하기만 했고 그러면 고양이는 다시 팔을 뻗으려 하고 나는 고양이가 만든 타워를 가만히 보기도 했지만 두 번에 한 번은 고양이의 팔을 붙잡고 안 놔주다가 발버둥 치는 고양이에 못 이겨 손을 떼고는 했다. 손과 팔에 발톱 자국이 몇 개나 생겼다. 자려고 누우면 연고 냄새가 났다.

그 어느 때라도 눕고 나면 타워의 모습은 점차 희미해졌고 나는 타워의 모습을 다시 머릿속으로 떠올려보려 애쓰다 잠이 들었다.

사고 이전에 비해 확연하게 어두워진 길을 걸으면 그러게 무언가라도 밝히고 있는 것이 좋을지도 모르겠네 생각하다 말았다. 어두운 길은 사람을 움츠러들게 했고 가끔 길가의 쓰레기통 같은 것이 부산타워가 되기도 했다. 부산타워는 고양이의 형태로 바뀌어 어슬렁어슬렁 전혀 고양이 같지 않게 마치 동물원의 사자나 호랑이의 걸음으로 어떨 때는 정말로 사자가 되어 나보다 약간 낮은 눈높이에서 골목을 걷고는 했는데 이게 뭘까 하는 생각이 들었지만 그저 같이 걷기만 했다. 시간이라는 것은 때로 아주 이상해서 어디서 시작하느냐에 따라 이미 겪은 과거도 미래처럼 느껴지고 오지 않은 미래도 아주 뻔하고 지루한 일로 느껴지기도 했다. 30년 40년 전에는 SF소설을 쓸 때 앞자리가 2로 시작하는 시대에는 아주 상상도 못 할 일들이 벌어질 것이라고 생각했는데 그 소설들에는 정말 굉장한 일들이 있어서 그런가 이미 지나버린 2천몇 년 2천몇 년 그리고 또 2천몇 년들이 과거 같지가 않고 두려움과 놀라움에 어쩌면 즐거움에 눈을 가리고 보아야 할 미래처럼 여겨지는 것이다. 사고가 난 고리 1호기는 1977년에 지어졌고 이미 지나버린 2007년에 30년으로 설계했던 수명이 다 되어 잠시 운행이 중단되었는데 이런 것은 SF도 아니고 뉴스도 아니고 사실이라고 해야 할까 어떤 사건 정도겠지만 1977년이라는 점에 발을 갖다 대보면 1977년이라는 시점은 과학이요 미래요 에너지요 발전이요 개발이요 선진국이요 그것이 만들어낸 밝은 기운 같은 것에 휩싸여 우리가 옛날이라고 그때라고 부르는 과거 전혀 그런 과거 같지가 않았다. 하지만 그곳은 너무 눈부셔 뭐가 뭔지 알 수가 없어 오래 있을 수는 없었고 아마 내가 옆의 사람들과 다 같이 손을 잡고 미래의 리듬에 몸을 맡길 수 있었다면 눈부신 곳에서 웃음을 터뜨리며 살아볼 수도 있었을 것이다. 눈부신 미래 1977년에서 말이다. 그보다 좀더 현실감 있는 미래라면 2007년인데 그때 정말로 운행을 재개하지 않고 중지해버렸다면 나는 어두운 골목을 사자와 걷지 않아도 되었겠지? 사자와 걷는 것 자체는 나쁠 것 없었지만. 내가 살아갈 수 있었던 2007년이라는 미래는 사고 이전의 생활 그대로일 것이다. 사람들은 떠나지 않고 우리는 죽지 않는다. 그 모습은 아주 평범하고 별다를 것이 없었지만 2007년이라는 점에 서서 본 미래는 아주 생생하여 그대로 훔쳐서 주머니에 넣고 싶었다.

그건 그렇고 아무튼 그 사자는 갈기가 달린 수사자가 아니라 암사자였는데 집에 들어갈 때에 보니 나보다 두어 걸음 뒤에서 내가 대문을 열고 잘 들어가는지를 지켜봐주고 있었다. 방문을 열자 기다렸다는 듯이 고양이가 침대 위에서 점프를 하여 역대 최고로 높은 타워를 만들어냈다. 나에게 팔이 잡히는 것이 싫었나 봐.

내가 부산타워가 어떻게 생겼더라 그런 생각을 많이 했기 때문에 부산타워가 내 앞에 나타난 것인지 아니면 그렇게 되기로 되어 있는데 우연히 내게 나타난 것인지는 알 수 없었지만 한번 나타난 타워는 사라지지 않고 없어지지 않고 오히려 때로는 불어나기도 했다. 어떨 때는 그날의 암사자처럼 다른 무엇이 되어 어슬렁어슬렁 내 뒤를 따랐다. 그런 생각이 들기도 했는데 도시가 어두워지니까 점점 이상한 것들이 나오는 건가 이상한 것들이라고밖에 말할 수 없는 것들이 나올 수 있게 된 건가 싫어졌고 그런 생각이 들 때면 커튼을 내리고 형광등을 켜고 잠이 들었다. 그렇다고 뭐 달라지는 것은 크게 없었지만 확실히 어두운 골목을 거리를 걸을 때면 암사자가 나와 함께 걷고 어느 날은 개가 컹컹거리며 뛰어나가 골목 끝에서 우리를 기다리다 그대로 부산타워가 되기도 했다. 내 어깨 위에는 처음 보는 새가 앉았다 날아갔다. 그것은 동화에 나올 것 같은 선명한 푸른색의 새였다. 나를 따라다니는 것은 동물과 부산타워뿐만이 아니었는데 또 뭐가 있었냐면 피리, 피리와 북 그리고 피아노 피아노와 트럼펫 같은 것들이었다. 북을 치는 제복을 입은 곰을 본 다음 날에는 날이 밝자마자 사람들을 만나기 위해 거리를 쏘다녔는데 이렇다 할 얼굴들은 볼 수 없었고 사람이 없나 보다 도무지 그저 허기질 때까지 걷다 지쳐 집으로 돌아왔다. 그런데 북을 치는 곰이라니 푸른색의 새라니 눈에 보이는 이것들은 내가 만들어낸 것일까 나는 잠깐 자신의 무의식을 비웃어야 할지 반겨야 할지 생각하다 말았다. 집에 돌아오니 여전히 부산타워가 서 있었고 나는 씻고 나와 드러눕는다.

"너는 몇 개나 있는 거야?"

"하나지 하나야."
"어떻게?"
"거기 서 있는 것으로 하나지."
"하나."
"그러니까 지금 나는 그림이지. 사진 같은 거야."
"다른 사람들에게도 나타나는 거야?"

다시 또 사라졌다.

그게 꼭 재미있다거나 너무 좋았다고 말할 수는 없었지만 환한 곳이라고 재미있는 것은 아니었으므로 밤이 되면 사자와 함께 산책을 했다. 사자와 함께 걸으면 길가의 많은 것들이 대답을 해왔는데 어떤 전봇대는 긴 막대기가 되어 장대높이뛰기를 하였다. 뛰는 사람은 보이지 않고 달려나가는 소리와 움직이는 바람과 장대가 된 전봇대가 골목 안 어느 한 지점을 짚었다 다시 바닥에 떨어지는 것을 보았다. 사람들이 떠나고 없는 빈집에서는 더 많은 것들이 대답을 했는데 북을 치는 곰을 냄비와 그릇 들이 따라다녔다. 사자는 어느 때고 나와 비슷한 걸음으로 걸었고 처음에는 사자가 내 발걸음에 맞추는 듯했지만 시간이 지나고 보니 나도 사자처럼 조금은 어슬렁어슬렁 걷고 있었다. 그러고 집에 돌아오면 타워가 된 고양이는 다시 고양이가 되어 이불 속에 누워 있었고 타워는 내가 잠이 들 때까지 자신에 대한 이야기를 했는데……

“부산역에서 내가 보이느냐 마느냐 그 정도가 아니지. 내가 서 있는 곳에서는 대마도까지 보인다고. 물론 대마도에서도 역시 내가 보이는지 그것은 좀 다른 이야기지만. 오늘은 여기저기를 다녔지? 그래서 이렇게 일찍 잠이 드는 건가. 나에게는 많고도 많은 데다 길고도 긴 이야기가 있는데. 내가 본 사람들은 굉장한 사람들이었는데. 별 희한한 것들이 오기도 했는데. 벌써 자버리는 거야, 이렇게 금방?”

내 방이 아닌 밝은 곳에서 부산타워는 나타나지 않았고. 부산타워나 암사자가 귀신이나 유령이라고 생각하지는 않았지만 그렇다고 암사자를, 그저 암사자로 보였으므로 동물원이나 경찰서에 신고하겠다는 생각은 전혀 들지 않았다. 어떤 이상한 것이었다. 그렇게 알고 있었다. 나는 아는 것이 없지만 내 뒤를 냄비가 대야가 따르는 것을 무당이나 무당이 아니더라도 오래 산 할머니들이 본다면 뭔가 아주 활발하게 잘되어가고 있다는 것을 알 수 있을 것이다. 밤이면 이상한 것들이 쏟아져 나와 할 일들을 하고 있다는 것을 말이다. 해운대구 전체에 대피령이 내려졌다고는 하는데 해운대에 집을 샀던 외지 사람들은 다시 그것을 팔러 부산에 내려왔을까. 원래 살던 사람들은 이미 밀려나서 생각보다 많지 않았다고 했다.

초량역 근처 망해버린 입시학원 옥상에 올라 먼 곳을 바라보며 시간을 보냈다. 대낮이라 햇살에 눈이 부셨다. 낡은 건물들이 벗겨진 시멘트들이 낮게 좀더 낮게 등을 맞대고 있었다. 저 파란 페인트 건물에는 '선원 모집 선불 가능'이라고 씌어져 있다. 나는 그것을 알고 있다. 빈 건물을 알고 있다. 잠자코 등을 돌려 앉으면 또다시 벗겨진 페인트들이 가난하게 나란히 앉아 있었다. 나는 나중에 일을 할 것이다. 일을 잘할 수 있을 것이다. 주어진 일을 웃으며 그럴듯하게 해낼 수 있을 것이다. 그럴 것이다. 일을 하여 돈을 벌어 내 방을 가질 것이다. 내 방에는 침대와 테이블이 있을 것이다. 커튼이 있을 것이다. 그리고 그 방에서 나는 커피를 마실 것이다. 커피를 꼭 마실 것이다. 그것은 내 손에 들어올 것이다 그렇게 속삭이는 나의 목소리가 들렸다. 그 목소리는 강력해서 그것의 증명을 위해서라면 이 건물도 부술 수 있을 것 같았다. 내가 뛰어오르면 건물은 서서히 금이 가 부서지고 나는 잔해를 헤치며 걸어 나올 것이다. 크게 숨을 들이쉬고 내쉬고 그것을 여러 번 하다 옥상에서 내려왔다. 건물 입구에서 옥상까지는 혼자서 올라갈 수 있는 철제 계단이 놓여 있었는데 그것은 텅텅 소리가 났다. 어떤 신발을 신고 가도 텅텅 소리가 났다.

부산역에 오면 자꾸만 부산타워를 찾아본다는 것을 잊어버리게 되고. 스스로도 정말로 납득이 안 될 정도로 쉽게 잊어버리게 되고. 나는 역 안 벤치에 앉아 멀리 보이는 바다를 바라보았다. 아직 컨테이너들은 그대로 쌓여 있었고 커다란 배들이 묶여 있는 것이 보였다. 바다가 있고 바다와 같은 색의 컨테이너들이 쌓여 있고 커다란 배가 있고 그 모습은 어쩐지 1977년에 발을 올려놓는 것처럼 미래요 발전이요 무역이요 수출이요 하는 선진국의 리듬을 느끼게 해주었지만 왠지 요즘은 이전만큼 생생하지는 않았다.

"뭐가 움직이고 있네요."

고개를 돌리니 마르고 키가 큰 남자가 자신의 양 손바닥으로 졸린 얼굴을 비비고 있었다.

"뭐가요?"

남자는 내 옆으로 와 앉더니 잠시만 기다리라는 손짓을 했다. 바지 주머니를 뒤지다 코트 주머니를 뒤지다 그래도 안 나왔는지 다시 코트 속주머니를 카디건 주머니를 뒤졌다.

"제가 요즘 생각하고 있는 건데요. 나중에 만나면 꼭 보여드릴게요."

"뭐가요?"

"식물요."

"식물요?"

"네, 식물요."

"식물이 움직인다고요?"

"네, 아는 분 중에 과학자가 있거든요. 그분께 도움을 받기도 했고 저 스스로도 이것저것 찾아봤는데 식물들이 사람들이 짐작하는 것 이상으로 재생 능력이 탁월해요. 온 생태계가 그렇다고 할 수 있겠지요. 물론 사람들은 잘 모르겠지만요. 오염된 토양에서도 3세대가 지나면 원래 깨끗한 곳에서 살던 식물과 다를 바 없이 완전히 스스로 재생하는 거예요. 사람들이 요즘 다 막 걱정하잖아요? 제가 말씀드리는 것은 체르노빌에서 조사된 연구 결과인데요. 체르노빌의 식물들도 3세대가 지나면 이전과 다름없이 설사 사고 직후에 기형이 나타났다고 하더라도 3세대가 지나면 완전히 회복된다는 것이 밝혀졌어요. 저는 그걸 가지고 요즘 글을 써볼까 하고 있는데. 아주 재미있지 않을까 그런 생각을 해요. 식물들과 거기서 나아가 사람들에게도 그것은 관계가 있는 사실이다, 그런 것들요. 생명이 가지고 있는 큰 힘과 재생 능력 그런 것에 대해서요."

움직이는 식물로 시작한 남자의 이야기는 생명은 모든 것이 다 연결되어 있다는 이야기로 넘어갔고 그것을 보여주기 위해 어떤 공식인가를 말했다. 말하다가 내 얼굴을 보더니 내 노트를 가져가 공식을 써주었다. 나는 알 수 없는 공식이었다. 우리는 다시 만나게 될지도 몰랐다. 나는 이곳에 올 것이고 또 올 것이고 그리고 다시 올 수밖에 없을 것이다. 나는 거절하는 것 없이 풀을 보러 가자면 가고 풀을 뜯으러 가자면 갈 것이다. 그 사람은 내 노트에 자기네 집 주소를 써주었다. 금은방이 있는 건물 2층이었다.

부산역에서 부산타워가 보이는가 그렇지 않은가 가끔 그 문제를 생각했다. 오랫동안 가끔 그 문제를 생각했다. 보이지 않을 리가 없는데 그 자리에 서서 그것을 본 적이 없으니 보인다고 할 수가 있나 그러나 보이지 않을 리는 없을 텐데 생각은 꼬리를 물고 이어졌다. 그 문제에 어떤 쪽으로도 대답하기 힘들어진 것은 내가 부산타워를 만나기 시작한 이후로라고 해야 할지 부산타워가 내 앞에 나타난 이후라고 해야 할지 아무튼 그로부터 그리 오래되지 않은 때였다. 낮에는 누워 있다 가끔 일어나 길을 걷고 밤에도 누워 있다 가끔 일어나 산책을 했다. 밤의 산책에는 어김없이 암사자가 나와 함께했고 어떨 때는 아주 많은 무리들이 나를 따랐다. 보통 때 암사자와 나는 나란히 어두운 골목을 걸었다. 가끔 부산타워가 나타났다. 부산타워의 모습으로 말이다. 부산타워가 어떻게 생겼더라 그것은 어떤 모습이었지 어째서 나는 그것을 오랫동안 생각했을까 눈을 감으면 떠올리고 싶어서? 그럴 수도 있겠지.

어느 밤 문득 그렇다면 실제의 부산타워에 가보자 하는 데 생각이 미치고 나는 시끄러운 것들을 꼬리처럼 달고 길을 걸었다. 오래된 골목들에는 빈집이 보이고 낡은 건물들에는 불빛이 없다. 나는 암사자와 부산타워를 향해 걸었고 냄비와 밥솥, 대야가 뒤를 따르고 북 치는 곰들과 색종이들이 반짝거리고 개들은 그 사이사이를 헤치고 뛰어다녔다. 부산타워를 —

다시 한 번—실제로—보자—못 볼 것은—없다—실제로 보자. 그런 노래를 부르면 왠지 정말 아무것도 아닌 것을 열심히 하고 있네 하는 생각이 들었다.

한참을 걸어 부산타워로 향하는 에스컬레이터에 몸을 싣고 뒤를 따르는 모든 것들은 뒤를 따르고 암사자는 몸이 커서 옆의 계단을 성큼성큼 올랐다. 공원에 도착하여 고개를 위로 향해 그래서 정말 부산타워가 어떻게 생겼지 나는 그것을 똑바로 보리라 다짐하며 고개를 바로 향했다. 이상한 일이지. 부산타워가 있어야 할 곳에는 아무것도 없었고 나의 무리들은 웅성웅성했다. 암사자는 빠르게 주위를 뛰며 사방에 무엇이 있나 살펴봐주었고 그렇게 애쓰지 않아도 아무것도 높은 것이 없다는 것은 확실했다.

부산타워는 없었고 나와 우리 모두는 아무 할 일이 없어 그냥 조금 뛰다 다시 내려왔다. 부산타워는 어디로 갔을까 언제 사라졌을까. 누가 부산타워를 팔아먹었을까. 에스컬레이터를 타고 내려와 어둡고 텅 빈 거리를 걷기 시작했다. 거리는 곧 떠들썩해지고 어쩐지 아까보다 더 모두가 흥이 나 보였는데 지금으로부터 시간이 좀더 흘러도 나는 가끔씩 부산역에서 부산타워가 보이는가 그렇지 않은가에 대해 한참 생각에 빠질 때가 있었고 그날 그때 이후로는 보이지 않는다고 고심 끝에 결론을 내릴 수 있게 되었다. 그런 이유로 부산타워를 생각하면 내 고개는 아니 보이지 않아,라고 대답하게 되었다. 그런 이유로 밤이 되면 타워를 향해 고개를 들고 손을 흔들게 되었다.

우리는 매일 오후에

남자는 먼저 잠이 들었고 그러고 보면 남자는 늘 먼저 잠이 들고 나는 눈을 깜박이며 오늘 있었던 일들을 생각해. 어제 있었던 일들을 천천히 생각하기도 하고 그 전에 있던 일들을 생각하기도 한다. 남자는 오늘 몸이 작아졌는데 어째서 작아진 걸까 나는 그것을 알고 싶지만 이유를 생각하기도 전에 작아진 남자는 작아진 채로 내 앞에 있었다. 남자는 작아졌고 작아진 남자는 어느 정도냐 하면 집에서 키우는 강아지의 절반 크기야. 강아지는 많은 종류가 있지만 머릿속에 강아지를 떠올려봐, 그때 떠오르는 강아지의 절반 크기로 남자는 작아졌고 그러니까 남자는 내 두 손안에 들어온다. 이제는 내 어깨 위에 앉아 있을 수도 있어. 그때는 강아지처럼은 아니고 새나 다람쥐처럼. 몸이 작아지기 전에도 남자는 커다랗지도 힘이 세지도 않아서 내가 장난을 칠 생각으로 어깨를 잡고 흔들면 앞뒤로 흔들거렸다. 혹은 흔들거리는 척해주었다.

우리는 매일 재미있는 이야기들을 하는데 오늘 오후에도 재미있는 이야기를 하였다. 아주 쓸모없는 이야기. 남자는 배를 잡고 웃었다. 허리를 꺾고 마구 웃었다. 우와 너 아주 몸이 반으로 접힌 채 웃는구나, 나는 그렇게 말하며 같이 웃었다. 그리고 고개를 드니 남자는 아주 작아져 있었다. 처음에는 남자가 보이지 않아 너 어딨어 어디 갔어 하고 찾자 남자는 웃음을 참는 목소리로 여기여기 하고 손을 간신히 들었다. 테이블 다리 옆의 남자는 작은 덩어리 또 그 손은 손톱 같았다. 나는 무릎을 꿇고 바닥을 기어 아주 작아진 남자와 눈을 마주했다. 작아진 남자의 눈은 나를 바라보고 있었고 나는 정신을 차리지 않으면 이 작은 무언가를 놓쳐버릴 듯했다. 정신을 차리려 남자의 눈을 계속 바라보았다. 손을 들어 남자의 머리를 감쌌다. 머리가 내 손안에 쏘옥 들어왔다. 남자를 들어 무릎위에 앉히고 이렇게 작아지다니 이렇게나 가벼워지다니 하고 놀라워했다.

이렇게 작아진 사람은 뭔가 예언을 해줘야 하지 않겠어?

예언을?

남자는 내 무릎에 누워 고개를 내 무릎 사이에 묻고 글쎄 그런 것까지…… 하고 생각에 잠긴 얼굴을 했다. 나는 다시 남자를 들어 이미 깔린 이불 위에 눕히고 나도 그 옆에 누웠다. 실은 앞으로 무슨 일이 생길지는 별로 궁금하지 않았다. 남자와 나는 매일 오후에 나란히 누워 오늘은 무슨 일이 생겼어? 세상에는 뭐가 있어? 누가 죽었어? 뭐가 맛있어? 이건 왜 이래? 나는 묻고 남자는 대답을 한다. 대체로는 내가 묻고 가끔 남자가 물을 때도 있고 사실 누가 묻는가 하는 것은 크게 중요하지 않고 중요한 것은! 그러니까 우리가 대화를 한다는 것이다. 어제에 대해 어제와 서로에 대해. 오늘 남자는 몸이 작아졌고 나는 그것으로 이미 뭔가를 알아버린 듯했다. 남자는 이제 내 주머니에 웅크리고 있을 수도 있고 어깨에 앉아 있을 수도 있고 나는 걷는 것을 좋아하며 우리는 산책을 많이 하게 될 것이다. 그러니 예언을 하지 않아도 돼. 걸으면 된다. 오래오래 걸으면 돼.

어제는 동남아시아 필리핀에서 홍수가 났고 사람들이 많이 죽었다. 그보다 훨씬 전에는 미국에서 빌딩이 무너지는 일이 있었다. 남자의 친구 중 한 명은 자기 집 옥상에서 음악을 들으며 놀다가 그 장면을 목격했다. 그 친구가 말해준 것인데 옥상에서 그 사건을 목격한 사람들의 단체가 있다고 한다. 그 단체의 이름은 뭐고 또 하는 일이 뭐냐면……

작년에는 일본에서 큰 지진이 있었다. 그 일은 작년 일이고 그러므로 과거 시제를 쓰긴 쓰는데 과거 시제를 쓰고 나면 무언가 휙 하고 목을 감는 느낌이 들었다. 내가 궁금한 것은 어제의 일 엊그제의 일, 최근이라면 오늘 아침의 일이었다. 앞으로 무슨 일이 생길지에 관해서는, 글쎄, 크게 궁금해하지 않았고 궁금해지지 않는다. 남자는 작아졌고 이제 우리는 예전과 같이 질문을 하자. 우리에게 예언은 앞으로도 없을 것이다.

엊그제는 함께 외출을 했는데 나는 늘 길을 헤매고 상대는 늘 길을 잘 찾는다. 우리는 길에서 각자의 일관성을 찾고 있었다. 그는 매일 새로운 길로 나의 손을 잡고 반걸음쯤 앞장서서 걸어갔다. 나는 많은 날들과 시간들을 겪어왔다. 그래서 알게 된 것들이 있다. 그것은 늘 헤매더라도 같은 길을 걷고 또 걸으면 길은 헌 길이 되고 새 길이 되기는 힘들고 이, 골목이라고 부르는 것을 지나면 대개 큰길이 나온다는 것이다. 그런 것들을 알게 되었다. 그런 것은 믿거나 주장할 것은 아니고 그렇구나, 하며 길이 헌 길이 되는 것을 지켜보거나 하게 되는 것이었다. 골목을 지나면 더 좁은 골목이 나오거나 골목이 점점 좁아져 빨려 들어가버릴 듯해 뒤돌아 도망쳐버리게 되거나 처음 보는 옥색 지붕의 집이 골목을 가로막고 있어 큰길로 향하는 출구를 모조리 막아버리고 있거나 했다. 그런 일들을 겪게 되었다. 너는 어떤 사람이야? 속으로 그런 질문을 했다. 질문이 천천히 퍼져나가 골목을 지나 바람에 실려갈 때쯤에야 다시 걸었다.

엊그제 우리는 손을 잡고 걸었다. 우선 대문을 열고 나와 걷기 시작했다. 대문을 열고 열 걸음쯤 걸으면 익숙한 슈퍼가 나온다. 나는 머릿속으로 파란 간판을 떠올리며 걸었는데 고개를 드니 눈앞에는 병원이 있었다. 푸른색 슈퍼 간판이 아니라 연회색의 커다란 건물이 나왔다. 그 커다란 건물은 근처 집들에 비해 너무 커서 시야에 걸렸다. 슥 하고 지나칠 수가 없었다. 없는 척할 수가 없었던 것이다.

병원! 병원이야!

응, 저 병원 지하에서는 밥을 팔지.

슈퍼가 아니라 병원이라고!

응, 병원이야.

어떻게 병원이 나온 거야?

나도 몰라. (주머니를 뒤지다 주머니 안에서 뭔가를 꺼낸다.) 이거 만두. 엊그제 병원 지하에서 밥을 먹다 남은 거야.

엊그제에는 슈퍼가 아니라 병원이 나왔고 늘 그렇듯 이제 새로운 것을 미래의 것을 말해주지 않아도 괜찮다. 하지만 어떻게 하면 병원이 나오는지는 알 수 없었고 이제 병원이 나오는 걸까? 아니면 다른 무언가가 나오는 걸까? 두근거리며 집을 나왔는데 예전처럼 슈퍼였다. 그것은 어제의 일이다. 혼자 걸을 때면 풍경은 거리는 건물은 변함없고 길들이 늘 제자리에 변함없이 그대로 서 있다. 혼자 걷는 길은 회색의 길과 길. 나는 방 안, 혹은 도시 어딘가에 있을 사람을 떠올리며 회색의 거리를 걸었다. 길은 점차 익숙해지고 예기치 않은 일들은 사라진 시간이었다. 어제는 그랬다. 나는 미련을 버리지 못하고 슈퍼 안 어딘가에 병원이 숨겨져 있나 슈퍼를 한 바퀴 돌아보았지만 아무것도 없었다. 금방 포기하고 가려던 길을 갔다. 이 슈퍼는 병원을 숨길 만큼 크지 않다. 그 병원은 반으로 접히고 또 접혀 슈퍼 안으로 숨겨졌나. 슈퍼 바닥에 묻혀 있나. 찾을 수가 없었다. 병원은 어떨 때 나오는 거야? 남자와 길을 걸으면 늘 생각지도 못했던 것이 눈앞에 나타났고 나는 다시 속으로 물었다. 대체 병원은 어떨 때 나오는 거야? 혼자 선 채로 물었다. 오늘 오후에 그걸 물어볼 것이다. 잊지 않고 물어볼 것이다.

그런 생각을 하며 고개를 돌려 남자를 보았다. 남자는 여전히 자고 있고 자고 있는 몸은 작아서 내가 잘못 뒤척이면 내 몸에 깔려버릴지도 몰랐다. 내가 너를 깔아뭉개면 안 되는데 너는 살아 있고 사람이고 우리는 많은 이야기를 한다. 이렇게 작아진 너가 사람이 아니라고 해도 너를 깔아뭉개는 것은 잘못이다. 웃다가 갑자기 몸이 작아진 네가 사람이 아니라 그렇다고 동물도 아니고 아주 이상한 것이라고 해도 너를 깔아뭉개는 것은 잘못이다. 그리고 너는 실은 이상하지 않고 작아지기만 했고 나는 언제라도 너에게 질문을 할 것이다. 남자를 실수로라도 누르거나 뭉개버릴까 봐 신경이 쓰여 잠을 이루지 못해 잠이 들었다가도 금방 깼다. 깨어서는 옆에 누워 잠을 자고 있는 남자를 확인했다.

넓은 창에서는 햇볕이 들어왔다. 방의 어떤 부분은 어둡고 어떤 부분은 밝았다. 나는 똑바로 누워 있었다. 작아진 사람은 내 가슴과 가슴 사이에 엎드려 누워 있었다. 내 얇은 티셔츠를 담요처럼 덮고 있었다. 언제 이리로 들어간 거야? 아니 들어온 거야? 내 웃음소리에 잠에서 깨어버렸다. 남자는 잠시 고개를 흔들다 재채기를 하고는 티셔츠 밖으로 기어 나와 내 팬티 사이로 들어가 다시 잠을 잤다. 팬티를 이불처럼 덮고 팔과 머리만 밖으로 내민 채 일정한 숨소리를 내며 잠을 잤다. 똑바로 누워 천장을 보며 다리 사이에서 남자가 움직였다 멈췄다 손가락을 들었다 내렸다 하는 것을 느끼며 웃다가 말 걸다가 했다. 뭐라고 말을 했는데 그 소리가 작고 멀어서 몇 번이나 더 물어봐야 했다.

뭐? 뭐라고?

……

응? 다시 말해봐. 뭐라고?

작아진 사람은 내 몸 안에 들어와 있고 이제는 목만 바깥으로 내민 채 숨을 쉬고 있다. 나는 천천히 몸을 일으켜 앉았다. 너의 얼굴은 붉고 나의 얼굴도 붉고 우리는 눈을 마주한 채 서로를 바라본다. 나는 나로 앉아 있고 너는 나를 보고 나는 천천히 몸을 기울여 작아진 너에게 입을 맞추고 너의 얼굴을 혀로 핥았다. 남자는 천천히 자신의 오른쪽 팔을 빼내 내 볼을 손가락으로 문질렀다.

오후는 언제나 금방 와. 나는 그것을 잘 알았다. 무릎으로 기어 냉장고까지 갔다. 우유를 꺼내고 우유를 든 채로 싱크대 위에 올려놓은 카스텔라를 가져왔다. 바닥에 앉아 우유를 마셨다. 나는 다시 싱크대로 손을 뻗어 숟가락을 가져와 우유를 따랐다. 남자를 어깨에 올렸다. 남자는 축축해져 있었다. 남자는 숟가락 속 우유를 먹고 나는 카스텔라를 먹고 나는 다시 숟가락에 우유를 따르고 그 위에 카스텔라를 적셔준다. 방 안에는 어두운 곳이 있고 어떤 곳은 밝았다. 햇볕은 싱크대를 지나 내 어깨와 어깨 위 작아진 사람을 지나 바닥에 던져진 옷을 지났다. 그곳은 밝았다. 나는 밝은 곳에 앉아 우유와 카스텔라를 먹었다. 햇볕에 눈이 부셔 하고 남자는 눈을 감은 채로 말했다. 나는 두번째 손가락으로 남자의 눈을 가려주었다. 우리는 오후가 올 때까지 밝은 곳에 앉아 있었다.

작년 3월 11일 일본 동북 지역에는 대지진과 지진해일이 일어났다. 그게 끝이 아니었는데 이어서 발생한 후쿠시마 원자력발전소에서 폭발 사고가 일어났고 그 사고의 여파는 아직도 강력하다. 앞으로도 강력할 것이다. 나는 남자에게 작년에 일본에서 일어난 것이 무엇이었지 매일매일 신문에 텔레비전에 모든 포털뉴스 화면에 나오던 압도적인 그것은 무엇이었지 그것은 지진이야? 혹은 지진과 비슷한 거야? 아니면 갑자기 일어난 모든 커다란 어떤 것들이야? 묻고 남자는 자세하게 그러나 간단하게 말해준다. 그것은 대지진과 지진해일 그리고 원자력발전소 폭발 사고였어. 그렇게 말해준다.

그는 말해주고 내게 고개를 기대고 나는 나의 고개와 내게 기댄 남자의 고개를 남자의 어깨를 향해 밀고 그는 나의 고개와 자신의 고개를 내게 다시 밀고 그리고 우리는 무엇이 일어났나 무슨 일이 일어났던 것인가 생각해보았는데……

현재 일본의 도쿄의 수도의 의회의 그리하여 많은 사람들은 그럭저럭 잘 지내는 듯하다. 그것이 서로 고개를 밀던 나와 남자의 결론이었다. 어떻게 그럴 수 있는지 알 수 없지만 그곳의 사람들은 잘 지내는 듯해 보였다. 그런가 하면 무엇이 일어났나 매일같이 생각하는 서울에 사는 우리도 아주 잘 지내고 있다. 그것 역시 또 하나의 결론이었다. 글쎄 잘은 모르지만 우리는 매일 산책을 하니까. 적어도 우리는 산책을 하니까. 산책을 하는 많은 사람들은 잘 지낼 것이다. 왜냐면 정말 잘 지내고 잘 지내서 잘 지낼 수밖에 없으니까. 산책을 하며 앞을 보며 걸어가 그 길은 아주 온건해서 모든 것을 긍정한다. 산책을 하다 무릎을 꿇고 앉아 꽃을 꺾을 수는 있지만 그게 하는 일의 전부이다. 산책자는 그 길 위를 걸으며 꽃을 꺾거나 풀을 보는 것만 한다. 그런 이유로 모든 산책하는 사람들은 잘 지낼 수밖에 없을 것이고 무슨 일이 일어났건 일어나지 않았건 일본의 산책하는 사람들도 잘 지낼 것이다.

우리는 옷을 입고 나는 작아진 그를 내 어깨 위에 올리고 방을 나섰다. 이 문을 열고 걸어 나가면 슈퍼가 나타날까 오랜만에 병원이 나타날까 우리는 궁금해했는데 아무것도 나타나지 않아 걷기만 했다. 너와 걸으면 늘 알 수 없는 일들이 생기고 처음 보는 길들이 스스로를 드러내고 나는 이제 그것이 익숙하고 그것에만 친해졌다. 너는 나의 질문에는 익숙해졌지? 나의 물음표와도 친해졌지? 이제 너에게 나의 몸은 아주 커다래졌고 너는 커다란 나의 몸에 친해졌니 나는 작은 너의 몸과 아직 덜 친해졌지만 우리의 몸이 비슷했을 때 우리는 곧 서로의 몸에 친해졌던 것처럼 나는 커지려고 한 건 아니지만 너에 비해 커져버렸고 그게 지금이지만 우리는 곧 서로의 몸에 친해지겠지. 슈퍼가 있던 자리 병원이 있던 자리에는 아무것도 없고 좁은 골목이 길게 이어져 있었다. 그 좁은 골목은 이것이 너희에게 펼쳐진 오늘이라는 듯이 끝이 보이지 않게 이어져 있었다. 나는 어깨 위의 남자의 머리를 손가락으로 툭

툭 치면서 너는 왜 매일 새로운 길을 만들어내? 웃으며 물었다. 남자는 떨어지지 않으려 내 어깨 위에서 균형을 잡고 있었다.

그렇게 걷다 보니 일본 음식점이 나타났는데 그 맞은편에는 또 다른 일본 음식점이 있었다. 두 일본 음식점이 나란히 서서 일본의 음식을 팔고 있었다.

작년의 사건은 9·11처럼 날짜를 따서 부르는 그 일은 지리학적 시간을 걸고 말하는 그 모든 말들은 사람들이 머릿속에 가지고 있던 일본을 지워버렸을 뿐만 아니라 지운 것이 사실이라고 확인시켜주는 것 같았다. 이 모든 일본 음식점들은 이제는 없는 일본이라는 공통 기억을 대변한다고 해야 할까 전 세계의 사람들이 누가 시키지도 않았는데 차곡차곡 쌓아놓던 일본이라는 풍경을 엽서로 만들어 그걸 액자에 넣어 걸어놓은 것처럼 보였다.

나는 어깨 아래에서 덜렁거리는 남자의 발을 툭툭 치며 계속 걸어나갔다. 이곳은 새로운 골목 내일이 지나면 사라질 수도 있고 그러면 영영 못 올 수도 있는 길. 그 길 위의 일본 음식점은 일본 음식을 팔고 거기에 씌어져 있는 일본어는 고고학자들이 해독해야 할 문자처럼 느껴지고 어째서 그렇게 느껴지는가 하면 희귀한 언어로 씌어진 오래된 서고의 책이 휙 하고 길 한복판에 펼쳐진 듯했기 때문에. 그 언어는 이전에는 포스터 같고 기호 같았을 텐데 내가 이전이라고 말하는 이전이라는 시간은 아주 짧지만 깊어서 내가 거기에 발을 잘못 디디면 빠져버리겠지만 빠진다고 떨어져 죽거나 큰 상처가 나거나 하는 것은 아니다. 그래서 조심스럽게 이전이라고 말하고 눈으로 천천히 어색하게 간판을 더듬었다. 우리는 새로운 골목을 걸어가지만 새로운 골목에 있는 것은 1980년대 집장사들이 틀로 찍어 만들어낸 듯한 붉은 양옥들과 양옥들. 나는 남자의 발을 어깨로 치다 가만히 멈춰 서서 뒤를 돌아보았다. 여전히 이어지는 집과 길 다시 뒤를 돌아 이어진 길을 바라보면 하늘은 뿌옇고 먼 곳에서부터 붉어지고 있었다. 나는 남자를 재킷 주머니에 넣고 좀더 걸었다. 너에게 주머니는 조금 좁지. 어깨는 어지럽고 무섭지. 나는 남자를 주머니에서 빼 팔에 안고 좀더 걸었다. 양옥집들이 이어진 길 끝에 3층짜리 흰 건물이 있었고 나는 좁게 나 있는 계단을 따라 올라가기 시작했다. 왜인지 익숙한 곳을 가는 것처럼 자연스럽게 계단을 올라갔다. 건물의 2층에는 흰 문이 하나 있었다. 손잡이를 잡고 돌렸다. 의외로 문은 쉽게 열리고 열린 문 안으로는 상자가 잔뜩 쌓인 방이 보였다. 그 방은 어지럽지는 않았지만 그렇다고 정리되어 있지도 않았다. 상자들은 이삿짐처럼 노끈에 묶여 있는 것이 몇 개 있었지만 대부분은 텅 빈 상자였고 상자가 놓인 바닥에는 시멘트 가루처럼 보이는 가루가 묻어 있었다. 나는 다시 문을 닫고 나와 발을 털고 현관문 옆에 앉았다. 이 집은 숨기 좋아 보이는 곳이었다. 들키지 않을 것 같았다. 이봐, 누구에게 몸을 숨기고 싶니? 이 집은 대체 누군가로부터 도망치기 좋은 곳이야? 남자가 내 목을 깨물었다, 작아진 이로.

남자에게 졸리냐고 묻고 피곤하냐고 묻고 배고프냐고 물었다. 몸이 작아지면 컸을 때보다 쉽게 피곤해질지도 몰라 금방 배고파질지도 몰라 그런 생각으로 물어보았다. 작은 새끼들은 갓난이들은 짐승들은 약하고 돌봐줘야 하잖아. 그러니까 물어보고 살펴봐야 한다. 나는 다시 문을 열고 들어가 상자 몇 개를 치웠다. 그 자리에 누워보았는데 바닥의 시멘트 가루와 노끈이 눈에 들어오자 왜인지 불안해져 벌떡 일어나 문을 열고 나갔다. 마치 누가 쫓아오는 것처럼 급하게 문을 열고 뛰쳐나갔다. 손안의 남자가 내 손목을 힘주어 붙들었다. 문 앞에 앉아 남자를 바라보았다. 정말 안 졸려? 묻고는 아주 작아진 남자를 껴안았다. 계단에 기대어 묻는다. 지금 이런 걸 물으면 안 될 것 같지만 물어. 오늘은 무슨 일인가가, 어제는 무슨 일이? 어딘가의 사람들에게 말야, 어떻고 어떤 일이? 나는 대답을 들으려 그를 어깨에 얹었고 그는 내 목을 잡고 속삭인다.

어제는 말야.

응.

내가 작아졌어.

나는 내 목 근방에 있는 새끼 짐승 같은 사람을 만졌다. 작아진 사람은 어디서부터 어디까지가 머리인지 어깨이고 팔이고 발은 어디 얼마나 작니. 더듬거리며 만졌다. 어제는 그가 작아졌고 내가 온몸으로 알아야 할 사건은 그것이었고 나는 이제 작아진 몸과 친해져야 해 나는 천천히 만지고 또 만진다.

남자를 어깨에 얹은 채로 다시 문을 열었다. 쌓여 있는 상자를 살피다 몇 걸음 더 들어가보았다. 몇 개의 문이 보였다. 하나는 화장실 하나는 다른 방 하나는 또 다른 방, 모든 것은 긴 복도와 의외의 벽으로 연결되어 있었다. 여긴 정말 숨기 좋은 곳이네 생각하다 가장 가까운 곳에 있던 문을 열었다. 그곳은 좁은 방이었는데 역시나 상자가 쌓여 있었고 몇 권의 책과 쌀과 밀가루가 있었다. 그 옆에 공책도 몇 권 있었다. 정말로 누군가가 대피하기 위해 만든 집 같았는데 좀더 대피하기 좋은 곳을 이 집 지하나 이 집과 연결된 근처의 집에 설계해놓고 이 집에서는 물품만 나르는 것처럼 보였다. 그러므로 이곳은 대피를 준비하거나 돕는 곳이며 결국 숨어 있기 위한 곳이었다. 어깨의 남자를 무릎에 앉혔다. 그래, 어제는 네가 작아졌어. 하지만 나는 이제 너를 숨겨줄 수 있다. 아주 잘 숨겨줄 수 있어. 어제 무슨 일이 일어났더라도 오늘 아침에 무슨 일이, 그리하여 결국에 일어난 일이 네가 작아진 것이어도 또다시 결국에 너를 잘 숨겨줄 수 있어.

나는 문득 이 사람은 숨기 위해 자꾸만 새로운 길을 보여주는 것이 아닌가 더욱 잘 숨기 위해 작아진 것이 아닌가 하는 생각이 들어 남자를 다시 쳐다보았다. 정말 작네, 이렇게 작으니 너는 잘 숨을 수 있을 거야. 모든 길을 걷다 가장 숨기 좋은 곳으로 나를 끌고 가 천천히 내 몸으로 들어와 숨을 수 있을 거야. 우리는 매일 질문을 하고 모든 골목을 걷고 알 수 없는 모퉁이를 돌다 보면 정말로 언젠가는 숨을 곳을 찾게 될 것이다. 숨으려 했던 것인지 무엇을 하려 했던 것인지도 알 수 없었지만 작아진 사람은 눈을 깜빡이고 있었다.

낯선 곳은 무서웠지만 무슨 일이 일어나도 남자를 어딘가에 내 몸 어딘가에 숨겨버릴 거야 하는 의지로 무의미하게 공포를 참는 시간을 보냈다. 숨기 좋은 집에서 숨겨주기 좋은 몸이 되어 숨기 편하게 작아진 남자를 안고 있었다. 너는 정말 새끼 짐승 같아, 작게 속삭였다. 남자는 강아지처럼 웅크린 채 몸을 살짝 움직였다. 미래를 묻지 않는 이유는 이것이 미래임을 알기 때문이었다. 땅속이든 막다른 골목이든 골목 안 하얀 집이든 숨어들어가 몸을 작게 웅크리자. 그러면 홍수와 테러와 방사능을 피할 수 있을 거야. 방사능은 눈에 보이지 않고 맛도 색도 냄새도 없지만 우리가 이렇게 헤맨다면 피할 수 있을 거야. 강아지 같은 사람의 작은 등에 고개를 묻었다.

작은 방의 문에 기대어 얼핏 잠이 들었는데 사람들이 웅성거리며 이야기하는 꿈을 꾸었다. 꿈속의 사람들은 무슨 일이 일어났다고 웅성거렸다. 나는 불안해하며 잠에서 깨어 주위를 살폈다. 무릎 위의 남자는 나를 보고 있었고 그의 표정은 이게 무슨 일이야? 하고 묻고 있었고 상자가 쌓인 빈집은 여전히 빈집이었다. 남자를 안고 빈집을 빠져나왔다.

우리는 왔던 길을 천천히 되짚어 걸어왔는데 몇 개의 집이 사라졌고 빈 공터가 생겼고 거기에는 그네와 미끄럼틀이 있었다. 이것은, 이 빈 공터는 오늘의 풍경이 아닌 것 같아. 일본 음식점은 그대로 있었는데 우리는 점심인지 저녁인지 그 둘 중 어느 것도 아닌 식사를 그곳에서 하기로 했다. 나와 너는 카레를 먹기로 하고 식당 안을 바라보았다. 레이스로 된 커튼이 있었고 섬세함과 아기자기함이 가게 안을 채우고 있었다. 어제는 남자의 몸이 작아졌고 고리원전에서는 사고가 일어났고 사람들은 부산을 제2의 도시라고 하는데 원전은 부산에도 있어 해운대와 아주 가깝게. 1년 전에는 후쿠시마 원자력발전소에서 폭발 사고가 일어났고 이 일은 과거 현재 미래 모든 시제를 포함하고 그것을 말해준 남자의 몸이 작아진 것은 우연한 일이었고 그 밖에 많은 일들은 우연히 일어나지만 그 많은 것들에 들어가는 것은 무엇일까. 이제 나는 우연이라는 말을 쓰지 않기로 다짐하며 걷는다. 서울의 모든 일본 음식점은 정말이지 관광 기념엽서 같아서 그런 곳이 실제로 있을 것임은 분명하지만 멀고 아득하기만 했다. 무엇을 기념하려는 걸까 실제로 있을 것이 분명한 섬세함과 아기자기함, 단정함과 선명한 색의 기모노, 군더더기 없는 편집의 잡지와 책, 그것들이 놓여 있는 모든 테이블, 의자와 가게, 장소와 앉을 곳들 공간과 팔을 기댈 곳 그런 것들은 일본은 아닌 머나먼 다른 어떤 곳에 있을 것 같았다. 일본이라고 하는 곳은 아니지만 일본이 아닌 다른 어떤 곳도 아닌. 나는 입에 머금은 물을 남자의 입에 흘려 넣어주었다. 컵은 커다랗지. 네가 쥐기 힘들지? 남자는 숨을 헐떡이며 물을 받아 마셨다. 주인은 카레를 테이블 위에 놓아주고 나는 허겁지겁 먹다가 후후 불며 카레를 식힌 후 그에게 먹여주고 그는 앗 뜨거 하고 외치고 놀라고 후후 불고 그러다 보니 카레는 식고 그러자 우리는 조금 편하게 카레를 먹고 숟가락을 내려놓고 주위를 둘러보면 섬세하고 아기자기하고 레이스 커튼이 있으며 군더더기 없이 단정한 테이블보와 그에 어울리는 흰 접시와 나무로 된 숟가락과 유리컵.

남자가 냅킨을 들고 폈는데 얼굴을 가리고도 한참 남았다. 접시는 금세 비워졌고 다 먹었어? 다 먹었어, 우리는 물을 마셨다. 우리는 계산을 하고 일어나 식당을 나와 다시 걸었다. 남자는 내 목을 안은 채로 내 어깨에 앉아 있었고 나는 어깨에 닿는 남자의 발을 툭툭 치며 걸었다. 집에 다다르자 파란색 간판의 슈퍼는 다시 원래 자리로 돌아와 있었고 나는 슈퍼에서 치즈가 든 크래커를 샀고 우유도 샀다. 나는 크래커와 우유를 버리고 남자만을 꼭 끌어안고 왔던 길을 되짚어 뛰어가고 싶어졌다. 손에 든 비닐봉지를 바라보다 이것은 쉽게 버릴 수 있어 나는 버리고 달려갈 수 있어 생각했다.

어두운 곳이 있고 밝은 곳도 있던 방은 전체적으로 어두운 방이 되었고 우리는 함께 씻고 큰 수건으로 몸을 감싼 채로 나와 이미 깔린 이불 위에 눕는다. 하루가 끝나가고 있어. 우리는 오늘도 질문을 하고 골목을 걸었다. 우리를 감싸는 것은 커다란 샤워용 수건이고 요는 건조하고 이불은 포근하고 공기는 평화롭다. 나는 참지 못하고 또 묻는다. 어제 무슨 일이 있었더라. 네가 작아졌고 나는 그대로고 나는 그 사실을 잘 알고 있지만 마치 이게 나의 할 일이라는 듯이 참지 못하고 또 물었다. 작아진 사람은 천천히 내 어깨까지 기어올라와 젖어 있는 내 머리카락을 잡아당기는 장난을 치며 말해줬다. 어제는 고리원전에서 사고가 일어났고 사람들은 그 사고를 한 달이나 감췄고 그러니까 엄밀히 말하자면 그것은 어제 일어난 일이 아니고 어제 알게 된 일인데 고리원전이라는 것은 부산에 있다 부산에 아주 큰 신세계백화점처럼 크고 환한 고리원전이 있다 어쨌거나 그보다 1년쯤 전에는 일본에서 큰 지진이 일어났고 지진이 일어난 곳은 도호쿠 · 간토 지방이었고 곧이어 쓰나미가 들이닥쳤으며 이어서 후쿠시마 원자력발전소에서는 폭발이 일어났고 당연하다는 듯이 후쿠시마 원자력발전소의 시스템은 붕괴되었다. 나는 그것을 아는데 내가 그것을 아는 이유는 방금 전 너에게 묻고 또 묻고 너의 이어지는 대답을 들어서. 네가 그것을 알고 있는 이유 역시 내가 묻고 또 물었으니까! 그리고, 그리고 또 무슨 일이 있었어? 남자는 그거에 관해서라면 아주 할 말이 많다는 표정을 하고 있었다. '어제는 말야……' 하고 입을 떼고 무언가 말하려다 왜인지 곧 관두어버렸다. 남자는 그런 표정을 하고 남자의 오른편 배경으로는 할 말이 많아! 하고 외치는 말풍선이 떴다 사라졌다. 나는 남자의 표정과 멀리서 나타났다 사라지는 남자의 말을 바라보다 커다란 수건으로 남자를 안고 있는 나를 꽉 묶었다 풀었다. 남자는 작게 소리를 지르고 나는 깔깔거리며 웃었다.

어제 아주 많은 일들이 있었고 오늘 우리는 이것저것을 했다. 그보다 더 전에도 아주 많은 일들이 있었고 그러므로 나는 앞으로도 아주 많은 일들이 있을 것이라는 것을 자연히 알게 된다. 주위를 살폈는데 나는 숨을 쉬고 내 몸 위의 남자도 내 가슴 위에서 나의 호흡에 맞춰 오르락내리락하고 있다. 너는 내 몸에 친해졌어? 내 가슴이 얼마나 커다래 보이니? 남자와 나는 서로를 조금 쓰다듬고 잠시 깨물다가 남자의 몸은 작아서 조금만 깨물어도 전체를 깨무는 것이 되고 나는 나의 부주의를 깨닫고 우리는 다시 껴안고 가만히 있는다. 남자는 졸린 표정을 하고. 그리고 남자는 잠이 들고 남자는 늘 언제나 나보다 먼저 잠이 들고 그것은 어째서야? 나는 이미 잠든 남자에게 묻지만 이 대답은 지금 들을 수 없어. 왠지 나중이 되어도 답을 들을 수 없는 질문이며 영영 답을 몰라도 좋을 질문일 것이다. 답은 많을 수 있지만 가끔 없는 것도 괜찮고 나는 네가 늘 언제나 먼저 잠들어도 그 이유가 아주 궁금하지는 않을 것이다. 그리고 나도 당연하다는 듯이 잠이 들고 네가 가슴을 깨물면 그걸 신호처럼 여기고 잠에서 깨어날지도 모른다. 그런 이야기를 속삭이며 수건을 빼서 의자에 걸어놓고 이불을 덮는다.

어제는 남자의 몸이 작아졌고 고리원전에서 일어난 사고가 밝혀졌고 그보다 1년쯤 전에는 4월에 눈이 내렸으며 일본에서는 큰 지진이 일어났고 지진 후에는 쓰나미가 몰려왔으며 그다음에 일어난 일들은 무얼까. 가끔 일본 음식점은 박물관처럼 보이고 어쩌면 박물관이 틀림없어요. 기념엽서이자 박물관이자 팸플릿 같은 것들. 일본 음식점이 기념엽서 같다면 그 기념엽서로 벽을 채워볼까. 벽에 기념엽서를 붙이고 또 붙여볼까. 기념엽서로 채워진 벽은 기념엽서로 채워진 벽이라는 의미뿐이다. 그래도 계속해볼까. 그게 무엇인지 후회를 하든지 감동하든지 기념엽서를 계속 붙여볼까. 그러고 나서 모두들 숨기 좋은 곳을 만들고 그곳에 숨고 숨죽이며 기도하고 나는 마치 이 모든 것을 알고 있었다는 듯이 숨겨주기 좋은 몸이 되어버렸다. 나와 남자가 잘 아는 것은 어제 일어난 일들과 오늘 아침의 일들. 우리는 매일 오후에 지난 일들을 묻고 답하며 밝거나 어두운 방 안에 앉아 있거나 누워 있다. 그것은 우리의 미래를 말해주고 우리는 또다시 숨기 좋은 곳을 향해 헤매기로 한다. 그 이후에도 우리에게는 많은 일이 일어났는데……

나는 잠자리에 들고 고개를 돌려 먼저 잠이 든 사람을 바라보며 너는 왜 늘 먼저 잠이 드니 생각하다 잠이 든다. 다음 오후에도 우리는 어제 일어난 일을 묻다 집을 나설 것이다. 걸을 것이다. 오른발을 먼저 내밀어. 아니다 왼발을 먼저 내밀어. 아니 다시 오른발인가 왼발인가를 내밀어.

정창희에게

상수에 대해 이야기해볼까 생각했는데 왜냐면 상수는 내가 이해하지 못했던 것이었기 때문이다. 이해하지 못했다고 해야 할지 이해하기에 벅찼다고 해야 할지 아무튼 그런 것이었다. 상수는 〈극장실습〉이라는 과목에서 첫 시간에 배우는 내용인데 관객석을 기준으로 무대를 바라보았을 때 무대의 오른쪽을 말하는 용어였다. 나는 어째서 그 기준이 무대 안쪽이 아니라 관객인가 하는 것이 이해가 되지 않았던 것이다. 관객이 상수가 어디라고 말할 일은 없을 텐데 어째서 기준이 관객인 것일까. 내가 무대를 오가며 일을 하는 스텝이었다면 관객을 기준으로 오른쪽 그러니까…… 내 기준에서 보자면 이것은…… 하고 고민을 할 것이라 생각했는데 실제로 무대에서 일을 하지 않고 그것을 배우는 학생일 때에는 객석에도 무대에도 어느 쪽에도 이입이 되지 않아 나의 위치를 오른쪽 왼쪽 어디에다 두어야 할지 정하기가 벅찼던 것이다. 아마 실제로 일을 하게 되면 그것은 너무 당연한 방향으로 각인되어 상수 쪽으로 그래 거기서 나와 혹은 이 소품은 하수에 두자 이렇게 생각을 했을 것이다. 몸에 완전히 익어버렸겠지. 그렇다면 지금이라고 상수라는 것이 쉬우냐 하면 그렇지는 않은데 왜냐면 지금은 쓸데없이 많은 것에 이입을 하므로 이를테면 내가 다음에 나올 배우라고 하면 누군가 대사를 하고 있는 도중에 등장을 해야 하는 배우라고 하면 배우 중에도 아주 많이 긴장을 하는 배우라고 하면 이런 것에 이입을 해버리는 것이다. 그 배우는 분명히 그 순간 오른쪽 왼쪽이 헷갈릴 것이고 숨을 가다듬고 관객 기준으로라고 생각하다 보면 관객은…… 관객을 보고 싶지가 않은데요 하고 두려워 고개를 젓게 될 것이므로. 그런 생각을 해도 왠지 학생으로 배울 때보다는 이해하려고 들면 완전히 받아들이려고 들면 할 수 있을 것 같은 기분이 되기도 하는데 여유 같은 것이 생긴 건가.

창희와 무슨 말을 해야 좋을지 이제는 잘 모르겠다는 생각이 든다. 창희가 어떤 말을 할지도 모르겠고 어느 순간 나는 어떤 터널을 지나버린 것이다. 그 터널에 창희가 남아 있는 것은 아니지만 말이다. 다시 생각해보니 그것은 터널은 아닌 것 같고 터널의 한 코너 정도인가 정창희라는 사람을 기억하지만 그 애와 가까웠던 시간이 잡히지 않고 멀었다. 창희를 만나면 무슨 말을 해야 할지 모르겠다. 상수라는 것에 대해 말을 하다 보면 나도 잘 모르지만 이런 것이 있대 하고 말을 하다 보면 이야기가 조금은 이어지지 않을까 그런 생각이 들었다. 그런 식으로 문득 내가 요즘 그런 생각이 들었는데 하며 상수를 이야기해볼까 생각했다. 꼭 상수라야 하는 것은 아니었지만 왠지 한편으로는 창희는 상수라는 것을 단번에 이해하고 나에게 설명을 해줄지도 모른다고 그런 기대가 생기기도 했다.

다시 상수로 돌아가 연극에 참여하는 모두는 상수라는 것이 관객석에서 보았을 때 오른쪽이며 하수라는 것이 관객석에서 보았을 때 왼쪽이라는 것을 알고 있을 것이다. 어쩌면 조금 모자란 나 같은 사람 앞사람 눈치를 보며 어디였더라 하며 시키는 일을 우왕좌왕하는 사람도 있을지 모른다. 하지만 그런 사람도 곧 익히게 될 것이다. 상수라는 것을 말이다. 내가 괜히 걱정하게 되는 장면은 이런 것인데 예를 들어 사랑에 빠진 남자 역할을 연기하는 배우 A는 순진하지만 용기 있는 여자를 연기하는 배우 B를 향해 사랑을 고백합니다. A가 B에게 고백을 하는 장면은 처음에는 혼자 아무도 없는 정원에 서서 고백을 연습하는 것으로 시작을 합니다. 하지만 B가 등장하지요. 그리고 A는 당황하지만 이내 마음을 다잡고 연습한 대로 사랑의 말을 건넵니다. 무대는 정원으로 꾸며져 있고 A

는 상수를 향해 손을 뻗어 고백의 말을 연습하고 무대 뒤에 선 B는 상수로 나갈 준비를 합니다. 이때 B는 내가 맨 처음에 이입한 긴장을 많이 하고 무대에 서려고 들면 떨리기 시작하는 사람일 수도 있겠지만 지금 이 순간은 그런 사람이 아니라 조금 긴장은 하더라도 무대에 서는 일을 잘 해내는 그런 배우라고 생각을 한다. 하지만 그런 배우도 때로는 아무렇지 않게 하수를 향해 걸어나갈 것이다. B는 하수를 향해 걸어 나가고 자신을 향한 사랑의 말을 쏟아내고 있는 A의 뒤통수를 본 순간 무언가 잘못되었다는 것을 깨닫고 하지만 그 순간 아주 능숙하게 얌전히 발걸음을 옮긴다. 천천히 발걸음을 옮긴 B는 A의 어깨를 두드린다. 또 한 명의 능숙한 배우 A는 조금 놀란 표정을 짓지만 즉시 걸음을 두어 걸음 뒤로 물린다. B는 치맛단을 붙잡고 고개를 살짝 숙여 인사를 하고 A는 역시나 정중한 자세로 인사를 받고 자신도 그에 걸맞는 인사를 한다. 걸맞는 인사라는 것이 무엇인가, 그것은 내가 아무리 A에 이입을 한다고 해도 걸맞는 인사 같은 것을 모르는 이상 할 수가 없다. 알 수가 없어.

A와 B의 이야기를 꺼내고 그것을 줄줄줄 늘어놓는 이유는 그러면 조금 멍청하고 자기보다 나이 많은 그런데 별로 어른스럽지는 않아서 뭐라도 이야기해도 괜찮을 사람으로 보이지 않을까 해서이다. 그런 사람이면 뭔가 이야기를 해도 될 것 같지 않을까? 아니면 아예 조금 믿을 만한 그러니까 믿음직

스러운 어른으로 보이는 쪽이 좋을까? 그런데 걸맞는 인사를 모르는 것처럼 치맛단을 들고 고개를 살짝 숙인 상냥한 사람을 향한 남자의 인사를 모르는 것처럼 내가 하려고 해도 인사를 하려고 하려고 해도 못 하는 것처럼 믿음직스러운 그런 것은 그렇게 되지 않은 것 일단 된 후에야 된 것처럼이라도 흉내 낼 수 있는 것만 같다.

최근에 친구들과 이야기를 하다 조금 놀랐던 것이 있는데 놀랐던 점은 나중에 말하기로 하고 상수를 이야기하는 것이 잘 안되면 나라 이름 대기 같은 것을 해보려고 한다.

— 뭐가 재밌어?

— ……

— 혹시 사회 과목 좋아해?

— ……

— 최근에 내가 친구들과 이야기를 하다가 놀랐던 게 세 명이서 이야기를 했는데 말야. 나 빼고 둘 다 스페인의 수도가 어디인지 모르더라고. 말이 되냐고 이게.

— 마드리드잖아

— 그럼 스페인부터? 스페인

— 마드리드라니까 그러네. 한국

— 일본

— 중국
— 미국
— 영국
— 프랑스

뭐 이런 것을 할 수도 있지 않을까. 쉬운 나라들은 금세 동이 나겠지만. 나라 이름을 대다 수도 이름을 대다 아는 도시 이름을 대다가 실제로 스페인에 가본 적이 있는데 스페인의 어디가 어땠는데 거기는 정말 좋더라 뭐가 또 맛있었어 그런 데서 살아보고 싶었어 지금도 조금 그래. 거기 어디가 좋았는데 남들은 별거 없다고 하던데 나는 거기가 좋아서 자꾸 가게 돼 너도 나중에 한번 가봐 정말 별거 없을지도 모르겠지만. 그리고 또 어디는 관광객으로 꽉 차 있어서 정신이 없는데 그래도 뭐랄까 좋은 것은 언제라도 좋기 때문에 정신없는 와중에도 마음 깊이 좋다고 생각했어. 그런 이야기는 하고 싶었다. 그게 그렇게 좋은 길이라고는 생각하지 않지만 하다 보면 하다 보는 사이에 조금씩 길을 가고 있을 것이라는 기대는 하고 있다. 우리가 어느 나라에 도시에 가더라도 말이다.

『백 행을 쓰고 싶다』를 다 쓴 이후에는 아니 책이 나온 이후에는 사실 소설을 다 쓴 이후로 책이 나오기까지는 이러저러해서 시간이 수년 걸렸지만 언젠가는 창희에 대한 단편을 쓰고 또 그것을 발표할 날이 올 것이라고 생각했다. 내가 생각하는 그 단편은 창희는 나이를 먹어 열일곱이 되고 나이를 먹어도 열일곱이라니 아무튼 열일곱이 된 창희는 이상하고 재미있는 여자애를 만나고 그 둘은 소파에서 좋은 것들을 하다가 물을 마시고 창밖을 보고 음악을 듣는 그런 시간을 보내는 것이었다. 나는 그것을 시작만 하면 곧 써 내려갈 수 있는 것으로 생각했는데 실제로 그렇게 되지는 않았다. 정말로 시작만 하면 멈추지 않고 써 내려가게 되는 글들이 있었는데 창희에 관한 단편이 당연히 그중 하나가 될 것이라고 생각했었다. 내일이든 모레든 시작만 하면 돼. 하지만 그렇게 되지는 않았다. 그러다 어느새인가 그 장면들은 흐려진 것도 희미해진 것도 아니고 접어서 묻어둔 것처럼 되었는데 접어서 묻어두었는데 다시는 파내지 않는 것이었다. 그게 뭐라서가 아니라 파내지 않아도 눈앞에 돌이 있고 나무가 있고 차가 있고 있는 것이 너무 많아서 그랬다. 사람들은 시끄럽고 차가 많고 돌을 볼 일은 많지는 않았지만 나무는 찾으러 간다. 어쩐지 처음부터 창희는 휙 하고 솟구친 것 같은 사람이었는데 원래 거기 있을 리는 없었겠지만 흙 속으로 쑥하고 들어가버렸다. 아니 내가 집어넣은 것일지도 모르겠지만 아니다 내가 집어넣으려고 한다고 집어넣을 수 있는 것이 아니고 그런 것이 될 리가 있나. 창희는 흙 속으로 마치 함정에 빠진 것처럼 푹 하고 들어갔다.

지도에서 어떤 지점을 가리키면 뭐라고 몇 마디라도 이야기할 수 있는 데가 있을지도 몰라. 내가 가본 곳이거나 아니면 어느 어느 영화에 배경이 여기인데 안 가봤지만 거기 나온 걔네들은 여기 사는 거지. 이야기할 수 있는 것들이 생길지도 모른다. 그러다 갑자기 생각이 났는데 상수와 하수라는 것은 대부분의 연극 무대에서 자주 쓰는 아니 쓰지 않을 수 없는 말이지만 상수가 어디라고 말할 수 없는 무대도 있을 것이다. 텐트를 치고 무대를 만드는 사람들이나 공원 한복판에서 연극을 하는 사람들 그리고 관객들이 무대를 에워싼다면 상수는 어디라고 관객의 기준에서 오른쪽인 곳이 어디라고 말할 수가 없을 것이다.

예를 들어 이런 무대를 생각했다. 어느 여름밤의 공원에 연극을 보기로 한 사람들이 모인다. 무대는 따로 있지 않고 작은 연못이 있고 잔디밭이 있다. 사람들은 잔디밭에 앉아 연극이 시작되기를 기다리는데 사람들이 약속으로 알고 있는 장소는 연못 옆 잔디밭으로 거기는 어디서부터 어디까지가 객석이라고 말할 수 없었다. 이미 어두워져 따로 조명을 어둡게 할 필요가 없는 밤이었는데 어느 순간 준비된 조명이 팟 하고 켜지고 배우들은 관객들 뒤에서 앞에서 혹은 연못 안에서 젖은 채로 나타나기 시작했다. 좋을 거야 좋지 않을 거야 혹은 아주 좋네 정말 좋아 하는 기대감 이런저런 새로운 기분에 서서히 익숙해져가고 배우들은 맡은 것들을 혹은 맡지 않았지만 해버리는 것들을 하고 나는 옆에 앉은 창희를 봤는데 창희는 집중한 채로 연극을 보고 있었다. 시간이 좀더 흐르고 내가 일어나버리면 이 자리에서 불쑥 일어나버리면 나는 그런 생각들을 하다 일어나서 어디로 가고 그럴 경우에 창희는 어떻게 할까. 나는 그 공연을 끝까지 보았을 수도 있다. 그건 무슨 공연이었을까 잠시 생각해보지만……

상수에 대해 생각하다 보면 이런 것까지 이야기하게 되는데 생각해보아도 이런 이야기까지는 재미가 없을지도 몰랐다. 아니면 내가 무슨 이야기를 하지 않아도 창희가 뭔가를 꺼낼 수도 있을 것이다. 그 애는 스웨덴에 가기로 되어 있었기 때문이다. 하지만 이후의 일은 나도 알 수 없는 것이었다. 지나간 사람들이 모두 어떤 식으로든 잘하고 있을 것이라는 생각은 들지만 그 사람들이 모두 한 살 한 살 나이를 먹을 것이라고는 잘 그려지지 않는데 이상하게 창희는 열다섯에서 더 나이를 먹어 그것이 꼭 한 해에 한 살은 아니겠지만 열일곱이 되고 열여덟이 될 것이라는 막연한 생각이 들었다. 걔가 무슨 생각을 하며 사는 건가 그런 것까지는 잘 모르겠지만 말이다.

또 몇 가지가 있는데 추리소설에 대해서도 이야기해볼 수 있을 것이다. 잘은 기억이 안 나지만 말이야 그 어두운 밤의 일이야. 이러저러해서 이러저러한데 그 사람을 누가 어떻게 죽였을까? 알 수 있겠어? 이런 것은 보통 언제 누구와 해도 재미있는 것 같다. 둘이서 종이를 펴고 밀실의 내부를 그리고 책상 위의 총을 그리고 그 옆에 집 안의 사람들의 이름을 쓰고 각자의 알리바이를 쓰며 누가 그 부인을 죽인 걸까 맞춰보면 시간이 금방 갈 것이다.

아니면 옛날이야기를 할 수도 있는데 너 콩쥐 팥쥐도 알고 혹부리영감도 흥부 놀부도 알지? 해님 달님도 알고 선녀와 나무꾼도 알고 단군 신화야 뭐 알겠지. 근데 너 손이 잘린 여자애 이야기 아니? 그거는 내가 젤 좋아하는 옛날이야기인데 들어본 적 있어? 손이 잘린 여자애 이야기는 진짜 여자애가 손이 잘리는 이야기인데 왜 손이 잘리냐면 새어머니에게 미움을 받아서 그래. 새어머니가 여자애를 미워해가지고 양손을 도끼로 탁탁 잘라가지고 집 밖으로 내쫓는다. 그러면 여자애는 갈 데도 없고 먹을 것도 없으니까 거지꼴을 하고 밥을 얻어먹으러 댕기는 거야. 그러다가 어느 부잣집 마당에 있는 감나무를 보게 되는데 너무 배가 고픈데 손이 없으니까 감을 못 따잖아. 그래서 아이고 먹고 싶다 아이고 먹고 싶다 하고 쳐다만 보는 거지. 그러다 신기한 일이 생겼는데 그 부잣집 공부방에서 공부를 하던 도련님이 잠깐 낮잠을 자는데 꿈에서 감나무가 나타나는 거야. 자기네 집 마당에 있는 감나무에 웬 이상한 여자애가 감을 쳐다보고 있는 꿈을 꾸는 거야. 도련님은 이상하다 생각하고 다시 공부를 하는데 평소에 잘 자지도 않던 낮잠을 그날따라 자꾸 자게 되는데 또다시 잠에 빠져든 도련님의 꿈에 감나무와 감나무 밑의 여자애가 다시 나타나는 거지.

이런 이야기가 재밌나.

하는 마음과 아니아니 이런 이야기를 재미있어 할까? 하는 마음과 그래서 이다음에는 어떻게 될까? 하고 재밌는 표정으로 묻고 싶은 마음이 동시에 들었다가 다시 나는 손이 잘린 여자애 이야기를 계속하기로 한다. 도련님은 그래서 방을 나와 감나무로 향해 가보는 거야. 그랬더니 정말로 꿈속에서처럼 웬 여자애가 감나무 밑에 앉아 있는 게 아니겠어.

아무튼 나는 이런 식으로 몇 가지 이야기를 더 하려고 들면 할 수가 있다. 모든 것을 열심히 즐거운 마음으로 재미있게 할 수 있다. 무엇보다 손이 잘린 여자애는 아주 재미있는 이야기이다. 내가 하려는 다른 이야기들도 모두 재미있는 이야기이다. 가만히 생각해보니 애초에 상수부터 생각해본 것은 열일곱이 된 창희와 무슨 말을 해야 할지 알 수 없어서였다. 어딘가로 흘러가 자라난 창희와 무슨 이야기를 하면 좋을까 창희는 흘러가지도 자라지도 않았어요라고 말할 것 같았고 시간이 지나 마주한 창희에게 그렇다면 모두는 어디가 있었을까 입이 떨어지지 않아서 시간을 뒤로 돌리다 보니 나는 상수라는 것이 모두가 쉽게쉽게 이야기하는 그것을 처음 배울 당시에는 순순히 받아들일 수 없었으며 지금도 어째서 왼쪽 오른쪽을 말하려 들면 자꾸 헷갈려서 고개와 팔을 동시에 왼쪽 하면 왼쪽 하고 돌려보고 오른쪽 하면 오른쪽 하고 돌려봐야 하나 싫어졌던 것이다. 창희와 내가 우연히 만나지는 않을 것이다. 우리가 어느 길목에서 불현듯 마주치게 되지는 않을 것이다. 내가 창희와 어느 의자에 나란히 앉아 서로가 힘을 내어 무엇인가 하지 않으면 안 될 때가 생길 것이라고 나는 그런 모습을 왜 소설을 다 쓰고 몇 년이 지난 후에야 생각해보는지 알 수 없지만 나는 우리가 얼마나 좁은 의자와 테이블에 혹은 의자라고도 할 수 없는 자리에 간신히 몸을 지탱하고 있을지 알 수 없지만 무슨 이야기라도 해서 내가 할 수 없는 이야기라도 해서 창희를 도울 것이다.

문득 드는 생각은 나는 자전소설이라는 것을 의뢰받아 청탁받아 요청받아 어쩌면 그것은 내가 아니라도 누가 쓰더라도 쓰기로 되어 있는 것이겠지만 어쨌거나 나는 네네 하고 하기로 했으므로 나의 양손에 든 이야기들을 자전소설이 건드리려 해도 열심히 빨리 걸으며 저리가 가버려 말하고 있는데. 자전소설이라는 것이 뭔가 나는 모든 소설이 나름은 자전소설이라고 생각하는데 자전소설이라는 것은 다 쓰고 난 다음에 이것이 자전소설이오 하면 그런가 보다 하는 것 아닌가 싶다가도 자전소설이라는 것은 자전소설이므로 무슨 이야기를 지어내도 정말 이런 일이 있었던 것인가? 하다가도 음 소설이니까 아니 근데 정말 이 사람은 결혼을 했고 이혼을 했고 재혼을 했고 삼혼을 했고 이 남자랑 잤고 이 여자랑 잤고 그 남자랑 잔 것을 까먹을 때쯤에 그 여자로부터 자신을 배반한 남자 이야기를 듣게 되고 뒤늦게야 그 남자가 아까 그 남자라는 것을 깨닫고 문득 생각이 나 그 사람에게 연락을 했더니 그 사람은 재혼을 해 미국에 갔고 뭐 이런 것을 쓰는 건가. (그런 것을 쓰려고 했음.) 아니면 우리 아버지가…… 아니 할머니가…… 할아버지의 애인이…… 이런 것을? (그런 것도 해보려고 했음.)

창희에게 하는 이야기이므로 이런 이야기는 필요가 없지만 자전소설이라는 말은 계속 모퉁이에서 몸을 숨겼다가 뛰어나와 우리의 발을 걸고 넘어지고 있었고 나는 뭐라고 이야기하고 지나간다 이 골목을. 손안에 든 많은 이야기 중에 어떤 이야기가 더 낫다고 생각하는지 물론 이야기들은 손안에 들어 있다 생각하면 바로 몸을 바꾸거나 했지만 그러면 창희는 상수도 하수도 없는 무대에서 벌떡 일어나 뭐가 나은가 나은 것은 하나도 없다 그와 동시에 기다렸다는 듯이 관객 뒤에서 있던 배우는 없다! 하고 정해지지 않은 것을 하고 그 장면을 보고 있는 나는 아무래도 다시 돌아가야겠다고 생각했다. 상수로 추리소설로 손이 잘린 여자애 이야기로 나라 이름 대기로. 공원에서는 여름밤의 서늘한 바람이 불어오고 있었다. 가지고 온 셔츠를 바닥에 깔고 누웠다. 잠시 눈을 감고 그렇게 누워 있었다. 한적한 공원에서는 시원한 바람이 계속 불어오고 있었다 어딘가에서.

아무래도 말을 너무 좋아하는 것이 아닐까. 말을 아주 중요하게 생각하는 것이다. 누군가는 분명히 듣고 있다고 생각하는 것이 반이고 나머지 반은 말은 그대로 활어처럼 움직일 것이라고 생각하는 것이다. 그 활어가 어디로 갈지는 모르지만 아무튼 움직일 것이라고 생각하는 것이다. 물고기라는 말은 아주 좋지만 물고기라는 말은 도무지 실감이 안 나고 그래서 활어라고 말을 하고 나면 활어라는 것은 사실 너의 생각과는 다르다고 말할 수 있을 정도로 힘이 있었다. 그런가 하면 자전소설이라는 말은 왠지 손을 들어 거절하고 싶어지는 말이었는데 나는 그 애가 얌전하게 머리를 땋고 앉아 있는 꼴이 싫은 것이다.

말을 너무 좋아하기 때문인지 종종 사람들에게 아주 편한 사람에게는 너 그 말 취소해 그 말 한 번만 더 해봐 더 해봐 다시 한 번만 해봐 하고 습관처럼 뱉은 말을 취소시키고 반면에 재밌는 말은 자꾸 시키는 버릇을 가지고 살고 있었다.

— 나 이제부터 너랑 말도 안 할 거야

— 취소해 취소해

— 뭔 소리야

— 나랑 말 안 하는 거 안 돼 금지해.

— 취소

— 응. 취소

— 웃기네

— 웃기네 또 해봐

— 웃기네

— 웃기네 웃기네

자전소설 같은 말은 창희가 내뱉었다고 해도 아니 창희가 말을 하면 보통은 참겠지만 그게 아니면 취소를 시키고 뒤돌아가는 그 말에 다시 취소를 시키고 싶은 말이다. 나는 그 말을 또 하고 있다.

그러고 보니 이전에 쓴 다른 소설에서 나는 아이러니에 대해 비슷하게 말한 적이 있는데 대충 이렇다고 설명하려다가 아무래도 기억이 잘 나지 않아 뒤져서 꺼내 본다.

나는 아이러니가 싫어.
그러니까 나는 아이러니라고 하는 것이 싫다.

아이러니가 뭔데?

아이러니는 옷을 잘 입은 사람이, 그러니까 남자가. 남자가 수트를 입었어. 잘 입은 남자가. 바지에 뭔가 묻은 거야. 바지에 크림 같은 게 묻어서 그걸 하루 종일 고민하는 거야. 검은 바지에 흰 크림이 묻으면 잘 지워도 자국이 남잖아. 멀리서 보면 보이지 않지만 책상에 앉아서 일을 하다가도 무릎을 내려다보면 흰 얼룩이 보이는 거야. 보통은 그렇다. 아닌가? 그렇지? 보통은 그렇다. 그런데 그 사람은 부족한 게 없다. 좋은 사람이다. 그런데도 그 얼룩을 하루 종일 고민하는 거야 옷을 잘 입은 채로. 멋있는 사람이다. 나무랄 데가 없다. 그런데 자꾸 고민을 해. 저기 저 사람이 내 얼룩을 본 것이 아닐까? 잘 지웠지만 의외로 눈에 띄는 것이 아닐까? 아무도 없는 곳에 가도 수트를 입은 그 남자는 괴로워한다. 바지의 얼룩을 보며 이걸 어쩌지 이걸 어쩌지 괴로워한다. 그런 모습이 아이러니야. 나는 아이러니가 싫어. 정말 싫어. 옷 잘 입은 사람이 크림에 대해 고민하는 게 너무 싫어. 혐오하고 경멸하고 경원시하는 쪽이다. 가끔씩 그게 너무 역겹다고 생각해. 그럴 때면 그 사람을 큰 크림 통에 집어넣었다 빼는 생각을 해. 그럼 그게 아이러니가 아니고 뭐가 되지? 그건 잘 알지 못해. 뭔가 그러니까 더 우습고 이제는 슬퍼진 상황이지만 그게 뭔지 어떤 이름을 붙여야 하는지는 잘 알지 못해. 하지만 그래도 싫다는 생각을 버릴 수가 없다. 내가 내가 너무 이상하게 말을 하는 거지? 그렇지?

나는 설명을 잘 못해. 어쩌면 다른 모습으로 아이러니를 설명할 수 있을 거야 다른 사람들은. 그렇게 잘 못해. 나는. 내가 지금 생각나는 건 옷 잘 입은 남자밖에 없어. 그리고 나는 그게 싫어. 왜냐하면 그런 모습은 나를 어딘가 화나게 하니까.

우나는 단어를 고르며 말했다. 아이러니는 그런 것이었다. 우리는 수긍했다. 아이러니는 옷을 잘 입은 사람이 바지에 크림이 묻은 걸 하루 종일 고민하는 것이었다. 그 남자가 그 못지않게 옷을 잘 입은 친구에게 이 옷을 사, 저 바지를 사, 저 모자를 사라고 조언하는 것 역시 아이러니였다. 조언을 받은 그 친구가 남자의 얼룩에 대해 이야기하는 것은 아이러니에 대해 이야기하는 것이었다. 아이러니는 옷을 잘 입는 여유로운 사람들이 이야기하는 주제였다. 매일 사람들이 입에 올리지만 치사하고 덜떨어진 기름 향수 분홍색 같은 것이었다. 그렇다. 아이러니 정말 싫다.*

마치 어떤 단어가 어떤 옷을 입고 때로는 옷을 갈아입기도 하지만 모든 말에는 각자의 색과 냄새가 있고 그것으로 모든 말을 구별하는 사람처럼 자전소설을 얌전한 체하는 학생 취급을 하고 아이러니를 잘난 척하는 쩨쩨한 남자 취급을 하고 있었다. 자전소설이라는 말을 아이러니를 그러고 보면 딜레마라는 말도 그런 취급을 했다.

그렇지만 상수라는 말에는 아무런 색도 모양도 없이 그것을 하나의 단어로 여겼다.

나의 어려움에 대해서는 이야기를 하지 않겠다. 우리가 어디에 앉아 있게 될지 그곳이 얼마나 비좁고 힘든 곳일지 실감이 잘 나지 않았다. 어쩌면 우리는 편안한 테이블과 푹신한 소파에 앉아 이야기를 할 수도 있을 것이다. 나에게는 그것이 잘 그려지지 않았지만 말이다. 공원에 누워 있는 나를 창희가 깨웠는데 우리는 풀밭에 앉아 나머지 이야기를 계속한다. 도련님은 손이 잘린 여자애를 데리고 와 자신의 방 병풍 뒤에 숨겨준다. 도련님의 방으로 밥상이 들어오면 도련님은 그것을 여자애와 나눠 먹었다. 세숫물이 들어오면 함께 얼굴을 씻었다.

— 그게 이상했던 거야.
— 뭐가?
— 밥을 한 톨도 안 남기고 싹싹 다 먹고 깨끗했던 세숫물이 시커먼 구정물이 돼서 돌아오니까. 집 안의 사람들은 이상하다 이상하다 생각하며 며칠을 지켜보았다. 그러다 도련님이 집을 비운 어느 날 도련님의 방을 구석구석 뒤지기 시작하는데……

공원 안은 조용하고 배우들은 공연이 끝나고 진작 사라졌고 조명도 무대도 정리가 끝났다. 관객들은 제각기 갈 길을 갔다. 공원에는 우리 둘뿐인데 창희야 너에게는 힘든 일이 닥칠 거야. 지금까지도 힘들었지만 왜인지 나는 너에게 닥칠 괴로움을 느끼게 되고 이것은 가끔 버스 안에서 지하철 안에서 무언가 강하게 느껴지는 이상한 공기의 흐름 같은 것일까. 두 손으로 창희의 손목을 아주 세게 붙잡았다.

— 사람들은 그렇게 손이 잘린 여자애를 병풍 뒤에서 발견하게 되었지.
— 아프다.

옛날이야기이기 때문일까 아니면 정말로 손이 잘린 여자애에게는 무언가 신기한 힘이 느껴졌기 때문일까 도련님 댁에서는 이것도 인연이니 신부를 삼겠다고 말을 하고 곧 둘은 부부의 연을 맺게 되었다. 이것으로 이야기가 끝나면 좋을까? 물론 이야기는 여기서 끝나지는 않는다. 나는 창희의 손목을 풀어주며 이야기가 여기서 끝나지 않는다고 말하며 다시 누웠다. 여전히 공원 안에서는 시원한 바람이 불고 있었다. 창희는 소설 맨 끝부분에 갑자기 튀어나와 줄곧 아파하기만 하는데 그래서인지 나는 창희가 다른 곳에서 다른 장과 글에서 다른 장소와 공간에서 등장할 것이라고 그렇게 생각했던 것일지도 모른다. 하지만 그렇게 되지는 않았고 아마 앞으로도 그렇게 될 것 같지는 않고 나와 창희는 공원에 앉아 있지만 공원이 사라지고 나면 공원을 나서고 나면 혹은 다른 어디에서 열일곱의 창희는 아니 나는 창희에게 이야기가 끝나지 않게 무슨 이야기인가를 끊임없이 해야 한다. 창희가 이야기를 하는 것도 좋고 같이 다른 것을 해도 좋지만 창희는 제정신으로 있어야 하고 나는 창희를 도와야 한다. 무슨 이야기를 해서라도 말이다.

자전소설이라는 말은 이제 무엇에게도 칼을 겨누지 않고 어떤 시비도 걸지 않고 나는 창희에게 다시 상수를 이야기할 것이다. 우리는 상수가 있는 무대의 객석에 앉아 있으므로. 그러니까 그런 생각을 해봐, 언젠가 연극이라는 것을 보게 될 수도 있으니까. 네가 좋은 자리 가장 좋은 자리에 앉아서 공연을 보는 거지. 그게 아주 어려운 일이 아닐 수도 있어. 엄청나게 비싼 공연만 있는 게 아니니까. 아니면 엄청나게 비싼 공연을 보게 될지도 모르지. 너와 나는 무대가 잘 보이는 좌석에 앉아 새로 시작할 공연을 기다리고 있고 나는 귓속말로 저기 오른쪽을 봐 저쪽을 연극 용어로 상수라고 해. 실제로 내가 상수를 아주 길게 늘리고 또 늘려서 그렇지만 나는 상수를 이해하지 못했고 앞으로도 단박에 이해하는 사람이 되기는 힘든 것 같지만 가끔 정신을 바짝 차리면 어디인지는 알 수 있어 하고 힘을 내어 힘을 짜내어 설명하는 곳은 위태로운 자리의 간신히 팔을 붙잡고 있는 어느 흔들리는 작고 금이 간 곳. 거기서 나는 상수를 어째서 내가 그것을 이해하지 못했는지를 천천히 이야기한다. 나는 어떤 배우들에 쉽게 이입을 해버리고 다른 스텝들의 상황을 끊임없이 생각하게 되는지를 그러니까 말야라고 입을 떼어 말한다. 마드리드는 가보지 못했지만 혹시 너는 가보았니? 너는 결국 스웨덴으로 갔니? 네가 스웨덴으로 갔다고 그곳에서 너는 사람들을 만나고 왜인지 스웨덴어보다 영어를 더 많이 쓰게 되고 그렇지만 점차 두 언어 다 능숙하게 되고 추운 날씨를 참게 되고 그렇게 살게 될 것이라고 마음 한편으로는 믿고 있다. 하지만 우리가 간신히 서로의 손을 잡고 눈을 떠 내가 다른 이야기를 할 테니까 잘 들어봐 너는 눈을 깜박이다 고개를 흔들다 다시 눈을 감으려 하는 이곳은 스웨덴일 리가 설마. 내가 갔던 곳은 마드리드가 아니라 바르셀로나였는데 정말 좋았어 날씨가 그 모두가 아는 성당이 아름다웠어. 피카소 박물관에는 가지 않았지. 왜인지 게으른 마음과 상태가 되었기 때문이야. 결혼을 한 도련님과 손이 잘린 여자애는 행복한 생활을 하는데 그러던 어느 날 도련님은 과거를 보러 서울로 향하고 그사이 손이 잘린 여자애는 아주 예쁜 아기를 낳는다. 도련님 댁에서는 부리던 머슴을 시켜 아주 예쁜 남자아이를 낳았다고 편지를 보내도록 하는데 하필이면 그 머슴이 서울로 가는 길에 묵은 집이 손이 잘린 여자애의 새어머니 댁이었던 게 아니겠어. 새어머니는 머슴에게 어디 가느냐 묻고 어느 집에서 왔느냐 묻고 무슨 일로 가느냐 묻고 머슴은 기쁜 표정으로 예쁜 아기 손이 잘린 여자애와 도련님 사이에서 낳은 예쁜 아기 이야기를 하고 새어머니는 자신이 손을 잘라 내쫓은 아이가 잘 살고 있다는 사실에 독이 오르게 된다.

나는 창희가 다시 잠이 들려고 하고 정신을 못 차리고 숨을 헐떡이고 창희야 눈을 떠 봐 우리는 상수가 있는 무대에 앉을 수 있을 거야. 혹은 공원으로 다시 갈 수 있다. 공원에 여전히 나는 누워 있고 너는 내 이야기를 듣고 있고 내가 가져온 나의 셔츠는 왜 이렇게 큰지 알 수 없지만 커서 너도 앉을 수 있다. 그곳에서 나는 바르셀로나의 이야기를 다시 해볼 것이다. 손이 잘린 여자애의 나머지 이야기는 나는 너를 다시 흔들어 깨우며 해야 할 것이고 내가 할 수 있는 이야기는 몇 가지가 더 있어. 기차 안에서 일어난 사건들은 늘 흥미롭지. 밤거리에서 위태롭게 서 있는 여자에게 형사는 말을 걸지. 그리고 또 애인을 잃은 남자는 복수를 꿈꾸고 그것을 실행할 것이고 나는 너를 너의 손목을 붙잡고 한편으로 아주 작은 한편 이것은 정말 작은 한편으로 네가 스웨덴에 있을 것이라고도 굳게 믿는다. 너는 거기서 잘 지내고 있을 것이고 수년 후에 우리는 공항에서 공항의 카페에서 그곳은 작고 둥근 테이블만 있었는데 만나게 될 것이다. 아니면 유럽 어느 나라에서 혹은 잠시 귀국한 너를 서울에서 만나게 되며 그때 우리는 상수가 있는 상수가 아주 잘 보이는 극장의 객석에 앉아 있다. 하지만 지금 나는 창희의 손목을 잡고 점차 창희의 눈에는 내가 보이지 않을지도 모른다는 사실을 인정하지 않으려 큰 소리로 봐 이렇게 손목을 탁탁 잘라버린 거야 새어머니가,라고 말을 하며 이야기를 계속한다. 어떤 벽이 있을지도 몰라 커다란 장막이 그러나 걷을 수 없는 장막이 하지만 창희에게는 끝이 나지 않을 이야기를 그러나 모든 이야기의 끝을 말하지 않을 수 없다. 결국 이렇게 되었다. 창희와 어색할 시간조차 없이 갑자기 흘러와버렸다 우리는 이렇게. 창희를 흔들며 다시 상수에 대해 이야기하기 시작했다. 창희의 손목을 잡은 채로 그 애의 몸을 흔들며 눈을 떠 이것 봐 이것 봐 말을 하면서.

* 박솔뫼, 『도시의 시간』, 민음사, 2014, pp. 28~30.

겨울의 눈빛

해만에서 가장 가까운 도시는 K시이다. 나는 K시 출신으로 3년 전 해만으로 오기 전까지 줄곧 그곳에서 살았다. 줄곧. 그러니까 나는 K시에서 태어났고 그곳에서 의무교육을 마쳤으며 버스를 타고 한 시간이 걸리는 인근 도시의 대학을 다닐 때조차도 K시에서 통학을 했다. 정말로 줄곧 K시에서 살았다고 할 수 있는 것이다. 그랬으나 해만으로 온 이후로 마치 그간 K시가 넌덜머리가 났다는 듯이 꼭 그렇지 않은 것도 아니었지만 집에 가지 않았고 특히 해만에 온 첫해에는 1년간 K시에 한 번도 발을 들여놓지 않았다. 가볼 만한 여러 이유가 있었으나 그것들이 가야만 하는 이유로 바뀌지는 않았다.

줄곧 K시를 잊고 있다 떠올리게 된 것은, 아니 그러니까 K

시라기보다는 K시의 극장과 거기서 보냈던 시간을 떠올리게 된 것은 글쎄 별다른 이유가 있지는 않았다. 방을 정리하다가 우연히 오래된 노트를 발견했다. 잊고 지냈던 노래를 듣게 되기도 했으며 그 곡은 지난 한순간을 환기시키는 중요한 음악이었다. 며칠 전 흔하지 않은 이름을 가진 사람을 만났고 그 이름은 내게 어떤 시간을 상징했던 것도 사실이지만 그 모든 것이 우연히 마주친 어떤 일이라고 할 수 있을까. 모든 순간을 돌이키는 중요한 우연이라고 할 수 있을까. 오히려 거기에 아무런 우연도 없다고 말해야 하는 것이 아닐까. 모든 것은 깊은 곳에 가라앉아 있을 것이라고, 아니 가라앉아 있었던 것이라고 나는 그렇게 믿어왔다는 생각이 든다. 이제야, 가라앉아 있던 것은 떠오를 때가 되어 잠시 떠올랐다가 다시 가라앉은 것이다.

K시에는 어떤 극장이 있다. 그 극장은 내가 극장이라는 단어를 떠올렸을 때 머리에 그리는 근원적인 형태의 극장이다. 내게 유일하며 처음인 극장인 것이다. 그러나 그곳이 내가 부모님의 손을 잡고 일곱 살 때 처음 간 극장이었다거나 한 것은 아니다. 아주 멀리 그러나 분명하게 자리 잡은 최초의 기억은 아닌 것이다. 그럼에도 그곳이 최초의 극장인 이유는 극장이라는 공간이 그 자체로 어떤 힘을 갖는지 처음 인지하게 된 곳이라서다. 내가 그 극장에 처음 간 것은 십대 후반의 일

로 한동안 나는 매주 그 극장에 들렀다. 정말로 매주 영화를 보았을지도, 아니 어쩌면 극장에 잠시 들러 그저 서성이다 온 것 같기도 하다.

그 극장에 대해 설명하자면 나는 극장이 서 있는 거리에서 시작하여 그 반대편 극장까지 머릿속으로 한 발씩 뒷걸음질을 쳐야 했다. 수십 걸음을 뒷걸음질 쳐 바라본 극장의 위치는 이러했다. 이차선 도로와 한 개의 블록을 사이에 두고 극장 두 개가 마주 보고 있다. 도로변에 있는 극장은 회색의 낮은 건물이고 도로를 지나 있는 극장은 갈색의 좀더 높은 건물이다. 좀더 먼 곳에서 바라다보면 이차선 도로와 두 개의 블록을 사이에 두고 세 개의 극장이 서 있다. 두 개의 극장은 서로 마주 보고 있으며 다른 하나의 극장은 하나의 극장 뒤에 서 있다. 즉, 이차선 도로의 오른쪽으로는 두 개의 극장이 왼쪽으로는 한 개의 극장이 서 있는 것이다. 그런 형태로 극장들은 서 있었다. 세 개의 극장 중 영화를 상영하는 곳은 가운데 극장이다. 그 극장이 바로 내게 유일한 극장이었다. K시의 극장에 대해 말하기 위해 뒷걸음질을 쳐야 하는 이유는 한때 어떤 거리에는 극장들이 많이 있었고 이제 그것들은 없으며 나의 유일한 극장은 K시의 다른 몇몇 사람들에게도 유일한 극장이라는 이야기를 해야 하기 때문이다. 나는 뒷걸음질하던 발을 멈췄다 다시 가운데 극장을 향해 천천히 걷는다. 그렇게 나는 가운데 극장으로 가곤 했다. 이제는 영화를 상영하지 않는 텅 빈 극장들을 순례하듯 지난 후에야 말이다.

극장에서는 계절과 바람이 선명했고 커다란 창으로 쏟아지던 가을 오후의 익은 햇살과 늦여름의 쓸쓸한 바람과 장마의 시작을 나는 알아차릴 수 있었다. 그러나 멀리서 나를 바라본다면 그러니까 극장을 바라보듯이 뒷걸음질 쳐 멀리서 의자와 탁자와 사람들과 함께 나를 바라본다면 내게서 나를 지나간 무수한 순간들을 알아차릴 수 없을 것이다. 움직임과 표정을 어딘가에 조금씩 떼어놓고 와 표정 없이 가만히 앉아 있는 사람으로 보일 것이다. 그런 얼굴로 나는 극장에서 시간을 났다. 극장 간판 앞에서 잠시 서성이다 여름을 제외하고는 대부분 손등을 덮는 길고 큰 옷에 파묻혀 움츠린 채로, 그러다 소매 안에 손을 집어넣은 채로 지폐를 떨어뜨리듯이 내밀고는 극장 안으로 들어가곤 했다. 소매가 움직이는 것 같겠지? 소매만이 움직여 돈을 내는 것 같아 보일 거야. 극장 안에서는 언제나 지겨운 표정으로 낡은 옷을 걸친 채 서 있었다. 가끔 계단을 오르내리기도 했고 커피를 마시기도 했다. 소매에서는 연하게 흙과 창고 냄새가 섞인 냄새가 났다. 여름에는 원피스의 목 부분에서 서랍 냄새가 날 때가 있었다. 마치 극장의 벽이나 의자나 벽지나 천장의 등, 복도의 액자 같은 것이 되고 싶은 것처럼.

며칠 전 방에서 발견한 노트 속 일기에는 어느 해의 겨울과 그때 만났던 사람에 대해 적혀 있다. 그때는 아마도 겨울의 초입이었고 그 겨울의 어느 날 나는 한국 감독이 만든 그해 주목받은 다큐멘터리를 보게 된다. 영화를 보기 위해서라기보다 그저 극장에서 시간을 보내는 것에 가까웠으니까 습관처럼 극장에 갔고 그 시간에 하는 영화를 본다. 그게 그 다큐멘터리였다. 그날은 상영이 끝난 후 감독과의 대화가 준비되어 있었고 영화에 삽입된 곡을 부른 그리 유명하지 않은 포크 뮤지션의 짧은 공연도 예정되어 있었다.

그 다큐멘터리에 대해 잠시 설명하자면 이렇다.

영화는 3년 전 부산에서 일어난 어떤 사고에 관한 다큐멘터리였다. 3년 전이라고 입을 떼면, 3년 전 봄의 어느 날짜를 대면 사람들은 어딘가 아픈 표정을 짓거나 지친 얼굴을 하거나 지겹다는 반응을 보였다. 그래, 그 이야기를 하는구나 같은 표정을 언제나 볼 수 있었다. 고리 핵단지의 정확한 주소는 부산시 기장군 기장읍 고리로 해운대와 약 22킬로미터 떨어져 있었다. 아마 3년 전 그 사건이 아니었다면 뉴스에서 듣던 고리 핵단지와 해운대를 연결시킬 수 없었을 것이다. 고리 핵단지는 혹은 고리 발전소는 뭐랄까 좀 그렇잖아. 그러니까 뉴스에서 나오는 말 같은 것이고 지난 정권의 금융정책이나 무역지수, 여야결의안 같은 그런 말 있잖아. 의미를 알 수 없지만 알아야 할 것 같지만 영영 알지 못하는 그런 수많은 말들 있잖아. 나는 그런 말들을 쉬지 않고 댈 수 있다고 생각했지만 그때나 지금이나 서너 개를 부르고 나면 이어지지 않는다. 해운대는 경포대나 낙산이나 아니면 서해안 어디 같기도 하면서 어느 대도시의 번화가 같기도 하면서 동시에 경주 안압지 같은 느낌이기도 했다. 나는 음 그래 나도 그랬지라고 생각하며 해운대에서 시작하는 다큐멘터리를 멍한 눈으로 보기 시작했다.

영화는 감독을 포함하여 해운대에서 나고 자란 이들이 기억하는 해운대를 보여주는 것으로 시작하였다. 몇십 년 전 해운대는 아주 넓었다고 하는데 그러니까 모래밭이. 그럴 땐 아주 쉬운 말로 걷고 걸어도 끝이 안 보인다고 해. 해운대에서 오래 살았다는 어떤 사진작가는 학교에서 단체로 해운대를 청소하기 위해 새벽부터 안개를 헤치며 걸었다고 말했다. 대통령이 오는 날 아이들이 손을 잡고 새벽길을 걷는다. 청소를 해야지. 모두들 걷는다. 모래밭을 걷는다. 하나둘. 그 모래밭이 얼마나 길었는지 가도 가도 끝이 안 보이고 배도 고프고 다리도 아프고 너무 힘들면 쉬었다 가며 옆에 보이던 파라솔에서 색소가 가득 든 주스를 사 마셨다고 했다. 그렇게 해서 오후가 되어서야 간신히 집에 도착할 수 있었습니다. 그 길이 어린애한테는 얼마나 걷기 힘들었던지 울고 싶었던 기억이 아직도 생생합니다. 웨스틴조선도 하얏트도 파라다이스와 노보텔은 물론 토요코인과 기타 등등도 없었을 때, 안개 낀 바닷가는 끝이 없이 펼쳐진 바닷가는 적막하며 막막하고 조용하여 어쩐지 무서웠다고 나는 어디선가 읽었던 기억이 났다. 그때의 해운대를 나는 모르고. 오래전의 한국 영화들. 여자가 머리를 스카프로 감싼 채로 뒷모습을 보이며 걸어가고 남자는 멀리서 여자의 뒷모습을 바라보는 그런 영화의 배경이었던 바다의 모습과 비슷하겠지 생각해보다 말았다. 그 시간이 지나 해운대에는 모든 것이 들어섰는데 모든 것이 무어냐면 부동산 투기자와 부유층과 아시아에서 제일 큰 백화점과 외국 투기자본과 주소지가 서울인 집주인과 체인형 식당과 극장과 카페와 그리고 그 밖의 모든 것까지 포함한 모든 것들. 그때는 나도 어렴풋이 기억이 났다. 어딘가 앉을 데를 찾아 들어가 빵을 사고 커피를 사고 창밖을 바라보며 산 것들을 입에 가져가면 주변의 사람들은 외국인이거나 표준어를 쓰는 사람들이었고 어떤 사람들이건 고운 얼굴에 좋은 것들을 입고 걸치고 외국 이야기를 하고 있었다. 나는 그때의 감각을 기억하고 있었다. 그런데 그 해운대는 이제 갈 수 없는 땅이 되었고 그때의 해운대를 이야기하는 것은 마치…… 마치 폼페이를 이야기하는 것처럼 아주 찬란한 최정점에 있던 어떤 것이 파묻혀버린 이야기를 하는 듯한 느낌을 주었다.

감독은 화려했던 해운대를 이야기하며 그때 자신이 느꼈던 환멸에 대해 친구와 술을 마시며 이야기했다. 감독은 환멸이라고 여러 번 말한다. 그것은 확실히 환멸이지요. 다른 말로 이야기할 수 없어요. 해운대에 못사는 사람들도 많이 살았거든요, 아니 그냥 보통 사람들이요. 그런 사람들이 다 떠나게 된 거지요. 그리고 그 밖의 것들을 이야기했다. 호텔과 백화점과 아파트가 아닌 해운대에 관해. 예를 들어 요트 경기장 인근에 있던 작고 오래된 극장. 나는 K시의 극장에서 이 영화를 보며 아 저 오래된 극장은 저것대로 해운대의 유일한 극장이었겠구나 생각했다. 극장의 상영관 앞 의자에 앉아 창밖을 보면 멀리 바다가 보였다고 했다. 창가에 앉아 바다를 보며 컵라면을 먹었어요. 아마 다들 한 번쯤은 그랬을 거예요. 그 밖에 오래된 고가 아래를 걸을 때의 기분이라든가 바다와 오래된 시멘트 고가가 함께 있는 풍경이라든가 십대 폭주족이 시도 때도 없이 깨부수던 버스 정류장의 유리와 밤의 불빛. 젖어 있는 길과 공기 사이로 퍼지던 웃음과 비명. 오래된 가구상가의 특이한 구조, 외국인이 드물던 시절 해운대의 몇 안 되는 외국인들이 자주 가던 골목의 카페와 술집, 허름한 포장마차들. 끊임없이 말할 수 있는 그 모든 부분들에 대해 말했다. 그 모든 부분들, 골목들, 단면들, 부속들, 내장들에 관해서. 해운대를 이루는, 아니 그 자체로 존재하고 있어 해운대에 짙은 선과 색을 그려주던 모든 것에 대해서. 그렇게 영화는 사고가 난 고리원전 1호기에 대해서보다는 해운대에 대한 이야기를 아무렇지도 않다는 듯이 그려가고 있었다. 해운대,

이제는 갈 수 없는 곳. 그런데 거기가 어떤 곳이었냐면. 그것에 관해 사람들은 담담히 말하다가 분노를 표하다가 체념하는 듯했지만 결국에 다시 화를 냈다.

감독은 해운대에서 태어나 사고 며칠 후까지 해운대에서 살았다. 사고 당시 개 한 마리와 함께 살고 있었다. 개의 이름은 모자였다. 머리에 동그란 얼룩이 있어서 모자. 나는 그 말이 좋아서 다시 따라해본다. 개 이름은 모자. 모자야 이리 와. 모자야 앉아, 모자! 앉아! 모자! 손! 모자야 잘했어. 감독은 모자를 데리고 부산 중구의 친구 집으로 대피했다.

(그때 사람들은 처음으로 대피에 대해 생각하기 시작했다)
(고리와 부산 시내의 거리는 약 30킬로미터)
(핵발전소 사고에서 주요 위험지역이면서 가장 먼저 주민 대피의 대상이 되는 지역은 반경 30킬로미터이다)

친구는 중앙동 근처의 오래된 집을 빌려 살고 있었다. 작업실을 겸하고 있던 그 집은 꽤 넓었는데 감독은 친구의 침실에서 모자와 함께 묵기 시작했다. 친구는 작업실 소파에서 잠을 잤다. 두 남자와 개 한 마리는 채널을 바꿔가며 뉴스를 보았고 인터넷 창을 수시로 새로고침하며 새로운 이야기가 없나 우리를 안심시켜줄 그런 이야기가 없나 보고 또 보았다. 이미 사둔 쌀은 괜찮아. 차이나타운에서는 중국산을 쓰지 않니? 우리 짜장면을 먹자. 두 남자는 그렇게 며칠을 보냈다. 자갈치시장에는 오가는 사람이 거의 없었다. 상인들이 모여 담배를 피웠다. 커피를 마셨다. 방송국 카메라는 상인들이 모여 한숨을 쉬는 자갈치시장을 찍어 갔다.

그때 모자는 평소보다 잠꼬대가 심해졌다. 모자야 내가 여기 있어. 감독은 모자의 배를 쓰다듬어준다. 개는 끙끙거리고 헛발질을 하고 자다 벌떡 일어나 컹컹 짖다 다시 잠들고 네 다리를 축 늘어뜨리거나 온몸을 긁는다. 나는 그 모습을 빼먹지 않고 하나씩 그려보았다. 자다가 끙끙거리는 개. 끙끙거리는 개를 꼭 껴안고 세상의 안심이라는 안심을 모두 모아다 주고 싶어진다. 여기 안심이 있으니 무서워하지 마, 껴안은 채로 속삭이고 싶다. 뭐가 있는 것처럼 헛발질을 하는 개, 자다가 갑자기 일어나 문을 향해 짖는 개, 자면서 턱을 긁는 개, 그렇게 잠꼬대를 하는 모든 개. 감독은, 모자는 마치…… 마치 무언가를 잊고 싶다는 것처럼 자다가 고개를 흔들었어요 하고 말했고 나는 그 대사가 좀 웃긴다고 생각했고 이건 뭔가 좀 뻔하잖아 싶어서 웃었는데 아무도 웃지 않았다. 아무도 웃지 않는 그 장면을 혼자서 곱씹었다. 개가 사고에 대한 공포로 악몽을 꾸는 것이라 모두들 생각하고 싶어 했다. 나 역시 그럴지도 모른다고 생각하지만 개의 꿈을, 개가 꾸는 꿈을 하고 입에 올리면 내가 무슨 생각을 하고 있었는지도 까먹고 바로 웃음이 나왔다. 개가 무슨 꿈을 꾸든 개의 꿈, 나의 개, 나와 함께 사는 개의 꿈, 그 개가 꾸는 꿈 하고 중얼거려보면 왠지 좋을 거야. 웃긴 생각이 들거든. 네가 개에게 아무 도움도 주지 못하고 오히려 개에게 큰 도움을 받기만 하겠지만 말이야. 그런 개에 관한 생각들을 했다. 내 생각에 모자는 이런 꿈을 꾸었을 것 같은데. 창밖을 보니 주인이 울고 화내고 불안해하는 얼굴이 보였는데 그 모습에 무작정 반가워하며 꼬리를 흔들며 달려가기는 어려워서, 그러니까 화난 얼굴은 모자를 어쩔 줄 모르게 갈팡질팡하게 만들었던 것이다. 몇 초간 어쩌지 어쩌지 어쩌지 싶었지만 이미 꼬리는 흔들고 있네? 에이 모르겠네 모르겠어, 꼬리를 마구 흔들며 창으로 향하지만 주인의 화난 얼굴은 점점 커져 창을 뚫고 부수고 집 안으로 들어와 방 안을 가득 채우고 집마저 뚫고 나가는 것이다. 모자가 일어나 컹컹 짖기 시작한 것은 그때였을 것이다.

부산은 가만히 생각해보아도 너무 커다랗지. 너무 커다래서 커다랗다고 말하는 게 어색할 정도로 커다랗지. 당시 해운대에는 약 42만 명의 사람들이 살고 있었다고 자막은 말했다. 사람들은 회사를 다녀야 하고 가게는 장사를 해야 하고 어디에 있건 사람들은 밥을 먹고 얼굴을 바라보며 이야기를 해야 하는데요, 그런데 당장 이사를, 아니 대피를 가거나 어딘가로, 어디로? 대체 어디로? 고리 핵발전소에서 서울까지는 고작 3백 킬로미터 거리인데요, 서울로 가면 우리는 안전합니까? 서울은 안전하다고 누군가는 정말로 믿고 있습니까? 당장 해운대를 빠져나가는 외국인들이 보도되고 그 사람들은 부산을 죽음의 땅이라고 말했는데 외신기자가 부산 이즈 랜드 오브……라고 말해도 아 부산은 아무리 생각해도 해운대가 있고 자갈치시장이 있고 시끄럽고 커다란 도시인데요라는 식으로밖에는 받아들여지지 않았고 우리는 부산 사람들의 질린 표정을 뉴스에서 매일같이 보았지만 한 달쯤 지나자 그것도 끝이었다.

겨울의 초입. 사람들은 외투를 벗어 무릎을 덮은 채로 영화를 보고 있다. 나는 어깨까지 외투를 끌어올려 얼굴만 내민 채로 화면을 바라보았다. 며칠 전에는 눈이 펑펑 내렸고 사람들은 우산을 들고 마스크를 쓰고 거리를 오갔다. 눈을 맞지 말라고 했지. 나는 방에 누워 창에서 나는 물냄새를 맡으며 물을 끓였다. 차를 마시려고. 극장에 앉은 우리는 K시는 K시니까 부산이 아니니까 생각하다가 우울해했다. 우리의 우울함으로 극장이 앓을지 몰랐다. 나는 차를 마시려 매일같이 물을 끓이고 차를 마시면 극장에 서성거리려 집을 나섰고, 의자에 앉은 모든 관객은 이곳이 부산이 아니라는 것에 안도하다가 넌더리를 내었고, 극장 안 공기는 수증기로 가득 찬 것 같았다. 이 영화는 그리고 이런 영화는 전국을 돌며 상영한다지. 나는 극장을 빼면 가고 싶은 곳이 없었다. 집에만 있고 싶었다. 극장에서 이런 것을 보고 기운 없어 하는 동시에 기운 없는 관객이 되어 극장을 힘 빠지게 했다. 화면에는 머리에 큰 점이 있는 모자라는 개가 눈을 끔벅거리고 있었다. 그걸 계속 바라보았다. 모자는 마르고 긴 다리를 가진 털이 짧은 개였다. 이런 걸 뭐라고 하는 것 같다. 이런 걸. 이런 개를 말이야. 그러니까 이렇게 생긴 개들을. 무슨무슨 어떤어떤 그런 외국 이름. 그 무슨 종이라고 하지? 무엇과 무엇이 교배해서 나온 그런 긴 이름의 그런 종 말이야. 이런 개들은 뭔가 특이점이 있지? 양을 친다거나 집을 아주 독보적으로 잘 지킨다거나 인내심이 심하게 많다거나 뭐 그런 것 말이야. 그러니까 모자에 관한 그런 말들 말이야. 생각해봐, 이름만 들어도 생각나는 것들이 있잖아. 아무튼 모자는 테니스공을 던지면 일어서지도 않고 고개를 몇 번 움직이다 잡았다. 그게 굉장한 느낌이었다. 모자야 공! 모자야 잘했어. 공을 좀더 멀리 던지면 말 같은 다리로 겅중거리며 공을 줍기보다는 이빨로 물러 모자는 일어나 움직였다. 집주인이었던 감독의 친구는 석 달 후 서울로 이사를 갔다. 감독은 친구의 집에서 머무는 동안 시장의 상인들과 차이나타운 사람들의 일상을 찍는 작업을 하기 시작했다. 자갈치시장의 상인 한 명이 목을 맸다. 감독은 그것이 계기였다고 말했다. 그렇게 찍은 영상은 편집을 거쳐 한 편의 영화가 되었고 그해 부산영화제에서 상영됐다.

그해 부산영화제는 주요 상영관을 해운대에서 중구로 옮겼으나 국내외 게스트들의 연이은 초청 거절로 영화제다운 분위기는 전혀 나지 않았다. 부산 시내의 전광판에는 유명한 배우와 감독이 손을 흔들며 부산으로 오세요라고 활짝 웃음을 지으며 말했지만 그 사람들도 저걸 찍고 부산을 떠났겠지요. 감독은 그런 이야기를 모자에게 테니스공을 던지며 말했다. 모자야 공! 잡아! 잘했어. 모자는 긴 다리로 겅중겅중 방 안을 걸어 다닌다.

감독은 서울로 대피한 해운대 사람들과 이야기를 한다. 그들 중 한 명은 이제는 못 돌아가요, 기대를 접었어요라고 말했고 부모님이 걱정이라고 했다. 그는 부모님과 함께 서울 큰형네 집으로 대피를 했고 이제는 서울에서 직장을 새로 구할 생각이지만 그게 쉬울 것 같지 않다고 말했다. 그의 어머니는 눈물을 닦으며 부산에 관한 이야기를 했다. 어머니는 한국전쟁 당시 부산으로 와 정착한 피난민이었다. 아들의 말과 다르게 어머니는 한두 달 지나면 부산으로 돌아간다고 했다. 영화는 다시 부산으로 돌아가, 대피를 하지 않고 남기로 한 사람들을 찍는다. 고리에 남기로 한 사람들은 대부분 노인이었다. 해운대는 너무 큰 곳이라 아직 많은 사람들이 결정을 하지 못하고 불안 속에서 살고 있었다. 사실 의외로 해운대를 떠난 사람들의 수는 많지 않다고 부동산 주인은 말했다. 어찌 금방 떠납니까. 안 그렇습니까. 해운대가 이래 큰데. 사람들은 수

입식료품을 택배로 주문해서 식사를 해결하고 있었다. 택배기사들은 아무런 보호장비도 없이 고리와 해운대를 오가며 일하고 있었다. 마스크를 썼을 뿐이었다. 택배기사 중 한 명은 동료 두 명이 급성백혈병 진단을 받았다고 했다. 그분들은 어떻게 되었나요? 택배기사는 해운대 주민들이 주문한 외국 생수와 시리얼을 배달하기 위해 트럭에 다시 올라탔다. 카메라는 오래도록 택배기사의 뒷모습을 찍었다.

영화가 끝난 후 감독과의 대화가 있었다. 나는 영화에 대해 특별한 인상을 받지는 못했으나 감독의 긴장된 얼굴을 그러니까 남이 긴장하고 있는 모습을 보고 있는 게 조금 재밌고 좋았다. 나는 조금 나쁜 사람인가? 아니 그냥 그런 게 좋은 거야. 누군가 긴장하고 있는 것을 보면 나도 살짝 긴장이 되고 그런 기분은 좋거든. 영화를 본 사람은 열 명 남짓이었고 감독과의 대화에 참여한 사람은 다 합해야 다섯 명 정도였다. 그도 그럴 것이 그 영화는 고리 핵발전소 사건 이후 쏟아져 나온 고리 영화 중 하나라는 정도의 느낌이었던 것이다. 그러니까 남아 있는 사람들, 고리라는 혹은 해운대나 부산이라는 공간에 남은 사람들의 기억과 그 사람들의 상처를 이야기한 영화들. 고리 핵발전소 사건 이후로 그런 영화는 규모를 가리지 않고 수십 개쯤 쏟아져 나왔고 당연하다는 듯 각종 해외 영화제에 초대되고 몇은 상을 받기도 했지만 글쎄, 여하튼 그날 본 그 영화도 부분부분 흥미로운 점이 있었지만 어떤 강력한 힘이나 특별한 매력이 보이지는 않았다. 나는 차라리 한국수력원자력공사를 폭파하고 그곳의 간부들을 납치해서 인질극을 벌이는 말도 안 되는 그런 영화를 보고 싶었다. 간부의 머리 하나와 원전 하나씩을 걸고 한 시간 동안 대치를 벌이는 뭐 그런 영화. 인질의 집 앞뜰에 우라늄을 묻어버리고 잠옷 차림의 그를 폐기물 처리요원으로 보내버리는 뭐 그런 영화. 갱들이 처음부터 끝까지 뛰어다니는 그런 영화. 나는 그런 게 보고 싶었다. 감독과의 대화를 기다리며 1층과 2층 사이 계단에 앉아 스웨터에 붙은 보풀을 뗐다. 4~5년 전이었을 텐데 부산에 갔던 기억이 떠올랐다. 많은 사람들이 웅성거리던 모습, 아줌마들이 음식을 팔고 있었는데 나도 사 먹었지. 팥죽을 여러 번 떠주던 아줌마. 나는 입안이 너무 달아 이가 시린 기분이었다. 그곳에서는 계속 팥죽을 팔지 모른다. 아무도 없을 리 없어요. 지금 이곳이 부산이 아니라는 것에 아주 큰 안심을 하고 있다면, 하는 생각이 들자 왠지 바보 같아져 보풀을 입에 넣고 굴렸다. 보풀 한 개 또 한 개. 나는 계단으로 올라오는 사람의 얼굴을 보았다. 나의 입안에는 스웨터 보풀이 있다. 내가 그 보풀을 입에 넣은 데는 당신이 결코 알아차릴 수 없는 국면이 있었으나…… 겨울인데 계단에 앉아 있는 것은 온몸이 점점 각목처럼 뻣뻣해지는 것 같은 기분을 주는데 그것이 갑작스러워서 깜짝 놀랄 만한 것은 아니고 으레 있는 일 같은데 각목 같은 건 각목 같은 거지. 극장에 가는 것은 분명 영화를 보기 위해서지만 보풀을 입에 물고 삼키지 않고 내가 왜 극장 계단에 앉아 있느냐 하면 하고 혼자서 속으로 중얼거려보면 아마도 그것은 나 자신을 멀리서 보며 오 그렇군 하는 것을 할 수 있어서, 조용히 집중한 상태에서 그런 멍청한 행동을 할 수 있어서일 것이다. 그래서 이렇게 앉아 있었다.

여기저기 흩어져 있던 관객이 객석 중앙에 모여 앉았다. 외투를 손에 들거나 어깨에 걸치고 굳은 표정의 사람들은 여전히 추운 얼굴로 앉아 있다. 자리를 바꾸어도 그 표정으로 말이다. 남아 있는 관객들은 적은 인원 탓인가 왠지 모를 의무감으로 감독의 이야기를 듣고 감독에게 있는 것은 책임감이니까 찍는 사람의 책임에 대해 말을 하고 우리는 손을 들어 질문을 하고 영화음악을 부른 포크 뮤지션은 고작 몇 명을 앞에 두고 영화음악을 다섯 곡쯤 부르고 그렇게 어정쩡한 시간이 간신히 지나고, 그 시간이 얼마나 어정쩡했냐면 마지막 질문이 감독님은 올해 나온 영화 중 가장 재미있게 본 게 무엇입니까였는데 그걸 묻는 사람은 하나도 안 궁금하다는 표정이었고 감독은 하하 그게 제 영화라고 해도 될까요라고 말했고 그 시간의 어정쩡함은 그 정도의 어정쩡함. 그 질문을 끝으로 사람들은 영화관을 나섰다. 차가운 밤의 거리로. 극장 문을 열고 몇 걸음 뗐을 때 평소 인사 정도를 나누던 얼굴을 아는 극장 직원이 나를 불렀고 나는 왜 거절을 잘하지 않을까. 아니 왜 거절을 잘 못할까. 어색하게 대답을 하고는 감독과 극장 직원들과 함께 맥주를 마시러 발걸음을 옮기게 되었다. 그때쯤에는 이미 보풀을 삼킨 이후였다.

내가 정말 잘하는 게 있다면, 누구보다 자신 있는 게 있다면 이런 자리에선 절대 금물이지 하는 이야기도 떳떳하게 한다는 것. 나의 가장 보기 사나운 점은 그런 자신에게 자긍심을 갖는다는 것. 나는 명절에 술에 취해 큰형수의 외도나 집을 나가 몇십 년째 연락이 없는 동생의 이야기를 태연하게 꺼내는, 모두가 싫어하는 친척 아저씨의 자세로 저 영화가 어떠셨나요 하고 수줍게 묻는 감독의 질문에 대답을 한다. 할 수 있는 대답들 그러나 누구도 하지 않는 대답을 성실하게 하고 또 멈춤 없이 계속해서 하는데. 감독은 말이 없어지고 나는 맥주 한 잔만 비우고 아무도 붙잡지 않는 술자리를 떴다. 사실 거의 아는 사람이 없었다. 그래선가 다시는 누구도 안 볼 것처럼 그러나 나는 그 극장을 좋아하는데 그런데도 아무 생각 없이 이건 이렇지 않아요 저렇지 않아요 실컷 말하고 자리에서 일어났다. 맥줏집 앞에는 노래 부르던 남자가 서 있고 그제야 뭔가 부끄러워진 나는 남자에게 담배를 빌려서 아 저기 죄송해요 제가 저 자리에서 실수를 많이 했거든요? 그니까 막 영화 가지고 이러쿵저러쿵 말 많이 했어요 담배를 두 대나 빌려서 그런 이야기를 토해내듯이 했다.

"저 사람 좀 너무 곱지요?"

"에? 아 좀 그런 것도 같은데 그래도 제가."

"저는 저 사람 너무 고운 것 같아요."

"아니 전 막 싫은 건 아닌데 싫은 것도 아닌데 제가."

남자는 잠시 기다리라고 하더니 맥줏집에서 기타와 가방을 챙겨 나왔다. 남자와 나는 편의점을 찾아 걷다가 담배와 캔커피를 사서 좀더 걷다가 좀더 외진 곳으로 향해 걷다가 아무도 없는 좀더 더러운 술집을 발견하고 그곳에서 마시고 또 마시고 내가 또 잘하는 게 있다면 뭐래도 상관없겠지 생각하는 것인데 술을 마시며 또 그런 속삭임을 들었다. 뭐래도 상관없겠지 하고 속삭이는 목소리 말이야. 나는 그 목소리에 대답하듯이 이래도 좋고 저래도 좋아요 하는 웃음을 짓는다. 무엇인가 거절하고 거부하고 전부 마음에 들지 않네요 하고 선택하지 않는 것보다 정말 무슨 일이 일어나나? 하고 그래요 그래요 승낙하는 것들을 했다. 마치 이 모든 것을 받아들일 것처럼. 앞으로 일어날 일들 사이를 춤추며 사뿐히 건너갈 것처럼. 춤을 추자고 하면 네 하고 손을 내밀 생각으로 네 손으로 내 볼을 감싸면 눈을 피하지 않을 작정으로 빙글빙글 웃었다. 우리는 이런저런 이야기를 하고 웃고 또 웃고 나는 고리에 대한 영화를 만들 거라면, 꼭 그렇게 만들어야 하겠다면 갱이 나왔으면 좋겠어요 말했다. 죄책감이라는 것이 처음부터 없었던 것처럼, 저어함이라는 것을 원래부터 모르는 사람들인 것처럼 뭔가를 만들었으면 좋겠어요 그러니까 뭔가를 그렇게 꼭 찍어야겠다면 말예요. 찍지 않을 수 없다면 말예요. 남자는 네모가 쌓여서 더 커다란 네모가 되고 그것은 다시 또 큰 네모가 되는데 네모와 네모가 만날 때는 비눗방울이 한 번씩 터지고 그렇게 네모가 점점 커지고 비눗방울이 연이어 터지는데 그게 지루하지 않고 흐물흐물하고 즐거운 영화가 있었으면 좋겠다고 했다. 남자는 그런 걸 보고 싶다고 했다. 아 아 나는 그럼 뭐지 난 말이에요 나는 인질극으로 시작해서 삼각관계로 끝나는 영화, 패싸움으로 시작해서 불륜으로 끝나는 영화, 사내 연애로 시작해 사제 관계로 끝나는 영화. 그런 게 보고 싶어요. 무엇보다 보고 싶은 건 미스터리로 시작해서 미스터리로 끝나는 영화. 시작된 물음표가 끝나지 않는 영화. 아무것도 밝혀지지 않는 영화. 밀실살인으로 시작해서 탐정과 경찰과 그들의 친구이자 애인인 추리의 천재와 수사의 귀재가 밀실에서 죽는 것으로 끝나는 영화. 그것이 정말로 보고 싶었다. 그러니까 밀실살인으로 시작해서 밀실살인으로 끝나는 영화. 우리는 보고 싶은 것들을 자꾸자꾸 이야기했고 그리고 별다른 이야기를 하지 않다가 다시 조금 웃고 또 음 또 보고 싶은 게 있다면, 정말로 보고 싶은 게 있다면, 꼭 봐야 할 게 있다면 하고 각자 생각했다. 생각해보았다. 음음 하고.

남자의 친구는 빚을 갚으러 고리 핵발전소 사고 복구사업에 지원했다가 죽었다고 했고 또 다른 예술가 친구는 개인작업을 위해 고리로 갔다고 했다. 그 외 다른 친구들은 아르바이트를 하거나 학교를 다닌다고 했다. 남자는 그 모두와 한 번씩 같은 방을 쓴 적이 있다고 했다. 그때는 죽은 사람은 없고 모두 살아 있었고 신기하게도 지저분한 사람 없이 모두 청소를 열심히 했다고 했다. 신기하다. 나의 친구들은 대학을 다니거나 회사를 다녀요. 아무것도 안 하는 사람들도 물론 있고요. 나는 대학을 졸업하고 잠시 회사를 다니다가 요즘에는 아무것도 안 해요. 가끔 극장에 가지요. 그리고 나도 들었어 그런 이야기. 복구 사업에 참여했던 사람들은 하청업체 직원이었고 몇몇은 죽었다고 그런 이야기를 들었어. 또 다른 몇몇은 병원에, 몇몇은 이제 집에 돌아갔다고 해. 너의 친구는 죽은 쪽이었구나. 그리고 또 다른 너의 친구는 영화인지 연극인지 무용인지 알 수 없지만 무언가를 만들러 고리에 갔구나. 고리에 가서 텅 빈 고리를 보는 것은 중요하지. 사람들이 모두 떠나서 폐허가 되었구나 하고 제 눈으로 보는 것은 정말 중요해. 이곳이 고리구나 생각하는 것도 의미가 있을 거야. 텅 빈 고리에 다녀왔어 정말 텅 비었더군이라고 말하면 무언가 달라질 수도 있겠지. 나는 지금 일어나는 그 사건, 바로 그 일을 자신의 눈으로 본 사람이 되어야 한다고 생각하는 마음에 피로와 기만을 느꼈다. 그런 기분은 쉽게 사라지지 않고 애써 기분을 바꾸려고 개 이야기를, 개 이야기는 언제 해도 분위기가 좋아지니까요 하기 시작했는데 개는 내가 이러는 거를 아는지 모르는지.

"모자가 좋아요. 그런 큰 개들 좋아요."

"나 실제로 봤어요."

"실제로 보면 어때요?"

"커요. 굉장히."

모자라는 개,라고 말하면 뭔가 모자란 개 같은 기분이 드는 모자라는 이름을 가진 개 이야기를 주고받다가 자리에서 일어나 걸었다. 우리는 잊을 만하면 또다시 이런 걸 보고 싶어요, 개에서 시작해서 영영 끝나지 않는 것. 개에서 개로, 개로 개로 개로 끝없이 이어지는 것. 모자로 시작하여 모자 속 모자로 모자 밖 모자로 이어지다가 찰리 채플린의 모자로 끝나는 것. K시에는 뭔가가 의외로 많군요. 뭔가 없는 듯이 있군요. 남자는 추워서 코트를 여미며 말했고 기타를 메고 가방을 들고 코트를 여미다니 뭔가 아주 바빠 보였다. 나는 왠지 화가 치밀어 아니 치미는 화를 참을 수 없어 당신 내일 뭐 해 이제 뭐 해 다음 주는 뭐 해 소리를 질렀고 남자는 내 어깨를 흔들었다. 나는 앞뒤로 흔들거렸다. 힘이 없어서 서 있는 힘만 있는 사람처럼. 내가 뭘 하는지 보고 싶어? 지금 이제 앞으로 내일 모레 그리고 그다음 또 다음 뭐 하는지 보고 싶어? 당신이 보고 싶은 게 그거야? 남자는 소리를 지를 것처럼 시작했지만 큰 소리는 하나도 내지 않고 가만가만 묻는다. 나를 앞뒤로 흔들면서. 당신이 보고 싶은 게 그럼 무어야 하며 흔들며 물었다. 나는 나는 내가 정말로 보고 싶은 것은 나는 흔들리며 중얼거렸다.

내가 아는 누가 또 누구누구가 지금 무얼 하는지를 말하는 것으로 이토록 모멸감이 드는 이유는 무어야. 우리가 개를 보고 싶다고 말하는 것으로 이렇게 허무해져야 하는 것은 또 무어야. 마치 태어나서 처음 개를 만져본 사람들처럼. 너는 그렇게 살았구나. 너의 친구는 그리고 또 다른 친구는 그렇게 살고 있구나. 지금 우리는 K시에 있다. 그렇지? 고리가 아닌 K시에 있지. 그러므로 우리는 괜찮으며 괜찮겠지? 괜찮지 않을 이유가 없겠지? 질문이란 질문은 모두 고개를 젓게 만든다. 질문 앞에 서지 못할 사람으로 간신히 어딘가에 서 있다. 그러니까 K시에. 고리와 70킬로미터쯤 떨어진 K시에. 남자는 내 침대에 누워 있고 나는 등을 돌리고 눈물을 흘린다. 내가 입고 있던 검은색 바탕의 흰 물방울무늬 원피스는 아주 낡아버린 옷. 나는 이 옷 어딘가에 이 질문을 기억해두어야 한다는 생각이 잠시 들었어. 왜 나는 모든 질문 앞에서 비틀거리나? 나의 이 모든 이유들은 대체 어디서 찾을 수 있나? 이 두 질문을 말이야. 나는 내가 손에 쥔 이 감정을 마음을 잊지 않는다. 눈물을 닦았다. 우리는 의외로 가벼운 포옹만 하고 잠이 든다. 우리는 옷을 벗지 않고 나는 이 원피스를 벗지 않고 눈물을 흘린다. 남자의 친구는 빚을 갚으러 고리에 갔고 나의 친구는 회사에 매일같이 지각을 하고 나는 K시에서 태어나 줄곧 여기서 살고 있는데 어쩐지 이 모든 것이 그러니까 이 모든 것이…… 나는 자다 깨 토하고 다시 잠들며 이 모든 것이 하고 중얼거려본다. 물을 한 모금 마시고 잠이 들어 있는 남자를 내려다보았다.

다음 날 아침 일찍부터 눈이 뜨였다. 남자와 나는 등을 맞대고 꼿꼿하게 일자로 누워 있었다. 공기가 차가웠고 목이 말랐다. 입고 있던 스웨터를 벗고 스타킹을 벗고 원피스만 입은 채로 잠시 누워 있었다. 너는 나의 옷을 벗기지 않았고 나의 옷은 내가 벗고 너의 옷도 내가 벗기지 않았고 너는 코트를 잠옷처럼 입은 채로 입을 벌리고 잠을 잤다. 무엇인가 변하는 것 없이 지속될 것이라는 예감이 강하게 들었다. 창에 코를 대고 물냄새를 맡고 차를 마시려 물을 끓이고 그저 서성거리려 극장에 가고 관객은 한숨으로 극장을 시무룩하게 하고 우리의 친구 중 누구는 앓고 또 다른 누구는 우리를 이제 만나주지 않는다. 침대에서 내려와 물을 가져와 끓인다. 차를 마시고 나서 씻고 남자와 등을 맞대고 눕는다. 남자는 조용히 일어나 내가 마시다 남긴 차를 마시고 다시 눕는다.

"오늘 비가 온다고 했어."

남자는 갈라진 목소리로 말했고 나는 다시 물을 끓였다. 남자는 나의 어깨를 안았고 나는 컵 밑바닥에 남은 차 몇 방울을 손가락에 찍어 하얗게 일어난 남자의 입술을 적시려고 했지만 부족했다. 잘되지 않았다. 잠시 후 빗방울이 떨어지는 소리가 창밖에서 들리고 나는 다시 창가에 서서 물냄새를 맡는다. 내가 벗은 옷을 다시 걸쳐 입고 차가 든 컵을 손에 들고 책상 위의 바나나를 주머니에 넣었다.

"일어나."

남자도 일어나 차가 든 컵을 손에 들었다. 나는 우산을 들고 옥상으로 향했다. 우리는 우산을 펴고 계단을 올랐다. 더 선명한 물냄새가 코를 찔렀다. 남자가 우산을 들어주었고 우리는 우산 안에서 차를 마시며 비냄새를 맡았다. 빗소리를 들었다. 그러니까 내가 보고 싶은 것은 비에서 시작해서 어디로도 흘러가지 않고 그저 비를 따라가는 것. 비 내리는 거리에서 비 내리는 밤거리로 그리고 다시 비 오는 아침이 되는 것. 비를 맞지 말라고 하여 여태 맞지 않았습니다. 우리는 차를 마십니다. 바나나를 나눠 먹고 내려와 방문을 잠그고 누웠다. 하루 종일 빗소리를 들으며 자다 깨다 다시 잤다.

남자와 나는 며칠을 더 함께 지냈다. 남자는 자신이 부르고 녹음한 시디를 내게 주었고 나는 그것을 가끔 들었다. 사실 거의 듣지 않았다. 나는 그 이후로도 극장에서 시간을 보냈다. 가족들은 나를 지겨워했다.

그 이듬해에 나는 해만으로 갔다. 해만에서 내가 하게 된 일은 아는 언니의 가게를 돕는 일이었다. 그 가게는 해운대에서 이주한 사람들이 모여 살기 시작한 마을에 있었고 나는 매일 오후 모여 커피를 마시는 사람들이 나누는 해운대 이야기를 듣는다. 이제는 갈 수 없는 곳의 이야기를 말이다. 누군가 지난 신문을 뒤져 휴가철의 해운대 모습을 찾아본다고 말했다. 바닷물이 색색의 튜브와 수영복으로 꽉 차 있는 기사 속 사진을 멍하게 보고 있다고 말했다. 그러다 나는 가끔 해운대의 오래된 극장에 대해서도 생각하는데 그 극장은 누군가에게는 또 유일한 극장이었겠지. 생각하다 보면 K시의 유일한 극장과 그곳에서 보내던 시간에까지 생각이 미쳤다. 내가 K시의 극장에서 본 영화는 수십 편일 텐데 어쩌면 수백 편일지도 몰라 나는 그중 많은 것들을 기억하지 못한다. 하루하루 수백 편의 영화를 보던 때는 같은 표정을 한 채로 시간을 보냈다. 움츠러든 어깨와 긴장된 얼굴을 하고 있는 사람이 천천히 지나가고 있었다. 그때 나는 극장의 벽이나 계단, 복도나 복도에 걸린 액자가 되고 싶은 사람처럼 보일 정도였다. 극장의 일부처럼 천천히 움직였다. 어디에서건 아침에는 아침을 먹고 점심에는 점심을 먹고 저녁에는 저녁을 먹는다. 대개는 그중 하나를 빠뜨린다. 빠뜨릴 때건 빠뜨리지 않을 때건 오전에는 차를 마시고 오후에도 차를 마신다. 물을 끓여 차를 마신다. 새벽에 잠이 들고 오전에 일어난다. 돈이 들어오면 은행에 넣고 일주일에 한 번씩 빼서 쓴다. 국민연금을 내지 않으며 의료보험료는 언니인가 오빠의 회사에서 내준다. 친구들은 결혼을 했거나 회사를 다니거나 못 다니거나 오래도록 못 다니거나 드물게 안 다니거나 한다. 그때나 지금이나 내가 아는 누가, 때로는 내가 가장 잘 아는 내가 무얼 하며 하루를 보내는지를 이야기하는 것으로 어째서 참을 수 없이 화가 나는지는 알 수 없고 그리고 또 언제나 내가 견뎌야 할 모멸감은 나보다 크다. 그러나 나는 그 모든 것들과 함께 오래 살아남을 것이다. 아침에는 아침을 먹고 겨울에는 눈이 오고 눈이 아무것도 가져다주지도 가져가주지도 않는다. 이 눈을 맞으면 죽을지도 모른다고 했다. 그때 거리는 텅 비었고 사람들이 창문을 닫고 집에만 있었고 나는 이불을 덮고 아무 말도 하지 않았다. 입을 다문 채로 나는 그 모든 것을 반복할 것이며 그렇게 오래도록 살아남을 것이라고 어디에서 잠을 자든 그렇게 속삭였다.

부산에 가면 만나게 될 거야

그렇다면 가장 중요한 것은 무엇입니까?라는 질문에 그것은 말입니다라고 대답한 사람을 알고 있다. 연극연출가 A이다. A에게서 직접 그 대답을 들은 것은 아니고 A가 참여한 대담집에서 우연히 읽은 것이다. A가 어떻게 그 대답을 했을지는 알 수 없지만 그 질문에는 나라도 침을 한 번 삼키고 같은 대답을 했을 것이다. 간신히 힘을 짜내서 말입니다 하고. 말입니다라고 말하는 말의 힘을 몸의 아래에서부터 느끼며.

출판사로부터 내용증명을 받은 것은 부산에 가기 이틀 전날이었다. 틈이 날 때면 늘 부산에 갔기 때문인가 부산은 그냥 가는 곳, 가는 이유를 말하기는 어렵고 언제 갔다고 말하기는 헷갈렸다. 부산은 그냥 가요 지난달에도 갔고 이번 달은 건너뛸지도 모르겠지만 다음 달에는 세 번 갈지도 모르고 아니 벌써부터 세 번 네 번 갈 것 같은 기분이 확신이 듭니다. 부산에 관해서라면 대개 그런 마음이었다.

방에 누워 부산에 가면 무얼 할까, 무얼 하든 좋겠지 생각하며 내용증명을 읽고 또 읽었다. 내용증명은 말이 많다. 거기에는 많은 말이 있다. 손해배상도 있고 포괄적 대가관계도 있고 법적 책임도 있는데 엄중히도 있고 신중히도 있고 게다가 엄격히도 있고 엄밀히도 있다. 그들 각각은 제자리에 박혀 고개를 쳐들고 나를 보았다.

그러고 보면 출판사는 내게 많은 것을 주었다. 그러니까 이렇게나 많은 말이 있는 것일지도 모른다. 출판사는 내게 돈을 주고 상을 주고 기회를 주고 잘해라 잘해라 하고 누구처럼 돼라 누구처럼 돼야지 하고 가끔은 밥도 주고 술도 주고 그런 시간들이 지나 두통과 불면증을 주고 짜증과 곤란을 주고 부산 가기 이틀 전에는 내용증명도 주었다. 그런가 하면 나는 출판사에 무얼 줬나 원고를 주고 다소 얼마간 보람을 주고 아……, 모르겠다.

A4용지에 박힌 말들은 흥미로웠다. 손해배상 같은 단어는 확고한 형태였으나 그 단어와 합해지는 동사는 '있다고 할 것입니다'로 결론을 못 내리고 미적거리고 있었다. 그 둘이 합해지면 '손해배상을 청구할 권리가 있다고 할 것입니다' 같은

이상한 리듬을 가진 문장이 된다. 읽다 보면 어쩐지 '있다고' 에서 한 번 쉬어줘야 할 것 같은 기분이 들었다. 그러려고 그러는 것도 아닌데. 나는 '있다고 할 것입니다'가 반복되는 내용증명을 다시 읽었다. 있다고 할 것입니다 있다고 할 것입니다 있다고 할 것입니다. 부산에 가면 종일 걸어 다닐 것이다. 걷다 보면 배가 텅 비고 머리도 텅 비고 머릿속의 있다고 할 것입니다도 어딘가로 빠져나가는 순간이 올 것이다. 부산의 어느 거리엔가 있다고 할 것입니다를 여러 마리 풀어놓고 올 것이다. 하지만 있다고 할 것입니다가 어떤 말인가 나는 이런 미적거리고 흐물거리지만 어딘가 끈질긴 느낌을 주는 말을 만나본 적이 없으니 이 말이 어떻게 말하고 반응하고 미끄러지는지 두고 볼 수밖에 없다는 생각이 들었다. 있다고 할 것입니다의 미래를 짐작하지도 예상하지도 못하고 말이다.

어쩌면 A가 아닌 다른 누군가도 가장 중요한 것은 말이라 생각하고 있을지도 모른다. 분명 그렇겠지. 하지만 나는 그런 사람들을 모르고 A를 가끔 생각하는 것으로도 이미 충분하다고 느낀다.

실제로 A를 본 것은 한 번뿐이었는데 A의 후배 연출가의 공연장에서였다. 연극이 끝나고 후배와 인사를 하는 A를 발견하고는 뒤에서 한참을 바라보았다. 그건 조금 이상한 기분이었는데 그러니까 나는 평소에 A의 팬도 아니었고 A에게 크게 관심을 가지고 있던 것도 아니었다. 다만 이전에 A가 했던 '가장 중요한 것은 말입니다'라는 말이 가끔 나를 흔들 뿐이었다. 그 정도였는데 실제 A를 보자 마치 내가 이미 오래전에 만났어야 할 사람을 이제야 만난 것 같은 그런 기분이 들었다. 연애 감정도 아니었고 굳이 말하자면 A라는 사람 자체가 많은 시간을 스스로 품고 있는 사람이었고 그 시간들은 A의 주위를 떠다녔으며 나는 어쩔 수 없이 A의 앞에서 그리움을 느낄 수밖에 없었다. A는 그리움을 불러일으키고 있었다. 그것을 깨닫고 나서도 그대로 서서 A를 바라보았다. 눈앞의 A를 처음 본 그 사람을 강렬하게 그리워하며 서 있었다. 한참이 지나서야 A는 그날 공연을 끝낸 후배 연출가와 기다리고 있던 다른 친구들과 함께 술을 마시러 갔고 나는 천천히 가방을 챙겨 극장을 나왔다.

그러고 보면 부산에 자주 가는 것도 부산의 몇몇 장소가 내게 A와 같은 것을 불러일으키기 때문일지도 몰랐다. 부산역에서 내려 차이나타운을 지나 러시아어로 된 간판들을 지나 부산호텔까지 가는 길이 그랬는데 그 길들은 그 길을 지났던 수많은 존재들을 불러일으켰다. 누군가가 있었고 그때는 1980년대 후반 혹은 1970년대 초반 그리고 다시 시간이 지나 2000년대 후반이었지만 대개는 그 어느 때도 아닌 날들이었으며 사람은 누군가였다가 누군가의 그 사람이었다가 어떤 그 사람이 되었다. 텅 빈 거리에서도 수많은 얼굴들과 뒷모습들이 일깨워져 걸음을 멈추고 싶지 않게 했다. 더더 다음 골목을 점점 더 헤매도록.

그러고 보면 부산에는 이렇게 자주 가지만 A는 그날 스치듯 만난 것이 전부이다. 만난 것도 아니지. 나는 서서 그 사람을 보았다. 그 사람은 이야기를 했다. 나는 계속 보았다. A를 언젠가는 다시 만나게 될 것이라 생각한다. 그리고 말하겠지? 저도 가장 중요한 것은 말이라 생각해요. 하지만 말로 된 세계는 없지요, 아닌가? 하고 잠시 생각하다 웃으며. 그 순간을 기다리는 것은 아니다. 그저 그렇게 될 것이라고 예감할 뿐이다.

부산에 가기 전날 밤이었다. 나는 머릿속에서 출판사의 사장과 주간과 담당 직원의 얼굴을 떠올렸다. 그리고 긴 테이블을 떠올렸다. 그보다 전에는 어둡지도 밝지도 않은 조명의 방을 떠올렸다. 좀 전에 떠올린 긴 테이블이 그 방 안에 들어가도 테이블 주위로 의자가 대여섯 개 깔려도 테이블 주위로 걸어 다닐 공간이 있다. 그 정도 크기의 방이다. 나는 그 방의 문을 등지고 앉는다. 사장과 주간과 직원은 문을 바라보고 앉는다.

나: 방금 하신 말씀 책임질 수 있으세요?

주간: 아, 그야 물론 저희도 숙고하여 내린 결정입니다.

나: 그럼 제가 하는 말 그대로 해보세요. "저는 방금 한 말

에 책임을 느껴 녹색은 개고 개는 녹색이라는 사실을 증언합니다."

주간: 뭐라고요?

나: 저는 방금 한 말에 책임을 느껴 녹색은 개고 개는 녹색이라는 사실을 증언합니다.

(사장은 일어나 무슨 말을 하느냐고 묻는다.)

나: 얼른 말하세요.

주간: 제가 왜 그런 말을 해야 하는데요?

나: 아, 그게. 제 생각엔 그런 말을 내뱉으신 이상 그 정도까지는 아니더라도 예의 차원에서 뭔가 내뱉어주셔야 할 것 같아서요. (사장을 향해) 사장님은 "나는 고양이에게 돈을 빌리고 고양이는 아주 순순히 돈을 빌려주는데 그 돈은 모두 달러였습니다"라고 말해주세요.

쉼 없이 떠벌거리는 작가 역을 맡은 나는 말하고 또 말한다. 개는 녹색이고 녹색은 개라고 말하라고! 고양이한테 달러를 꿨다고 말하라니까요! 개와 고양이는 털이 달린 따뜻하고 네 발 달린 동물! 내가 더 좋아하는 건 개! 내뱉기 싫은 말을 내뱉어야 하는 감정을 느끼세요. 긴장감을 느껴보라구요. 말한다고 녹색이 개가 되거나 개가 녹색이 되는 건 아니잖아요? 저는 녹색이 개든 개가 녹색이든 아무런 관심이 없습니다. 얼마나 관심이 없냐면 그 모든 외화들이 위조지폐였다는 사실을 알고 있지만 알고 있다는 사실을 까먹을 정도로 관심이 없습니다. 그러다 나는 어둡지도 밝지도 않은 방을 지우고 어두운 지하 창고를 떠올린다. 지하 창고에는 녹색과 개와 고양이와 달러로 주간과 직원과 사장을 묶어 움직일 수 없이 만들어놓는다. 녹색은 끈끈해요 때로는 딱딱하고요. 개는 아주 많은 개 고양이는 의외로 굉장히 길어 달러는 아주 많아 얼마나 많은가 하면 차곡차곡 쌓아 도서관을 지을 수 있을 정도야. 그러고선 떠드는 작가 역을 맡은 나의 다음 대사를 떠올린다. 지하 창고에서는 아무도 입을 떼지 않고, 말을 하라고! 말의 무거움을 느끼라고! 소리를 질러대는 '나'가 있을 뿐이다. 시간이 지나도 누구도 내가 주문한 말을 내뱉지 않았다.

미지근한 물을 마시고 알람을 맞추고 슬슬 잠을 자야겠다고 생각했다. 부산에 가는 기차는 아침 일찍부터 아니 새벽부터 있지만 아마 내일의 나는 알람을 차례차례 끄다가 9시쯤 겨우 일어나 준비를 하겠지. 다시 부산에 가면 뭘 하지 무얼 하나 생각했지만 언제나처럼 걷고 또 걸을 것이라는 것을 알고 있었다.

기차에서는 자다 깨다 다시 자다 깼다. 잠에서 깰 때마다 옆에 앉은 친절한 여성분은 커피 한잔하실래요? 도넛 좀 드실래요? 하고 말을 걸어왔다. 단 걸 잘 안 먹어서요 하고 웃으며 거절했다. 커피만 받아 두어 모금 마시고 다시 잠들었다.

부산역에 내린다고 갑자기 바다 냄새가 나는 것은 아니지만 뭔가 바다 냄새가 날 법한데 생각하면 좋지. 기차에서 내려 바다가 보이는 쪽에 서서 자판기 커피를 한 잔 마셨다. 아저씨들도 자판기 커피를 마시고 있었다. 담배를 피우며. 눈앞에는 바다가 보이고 바다에는 배에 실을 커다란 화물들이 움직이고 있었다. 배를 보면 항구, 하고 떠오르고 화물을 봐도 항구, 하고 떠오르고 나는 떠오르는 것들을 배 배 항구 항구 화물 화물 오르락내리락하고 중얼거렸다. 그러고 보니 한밤중에 이 부근을 택시를 타고 지나간 적이 있었다. 텅 빈 거리를 따라 커다란 화물들이 쌓여 있고 그곳에는 제5구역 제6구역 이런 표지판이 구간마다 세워져 있었다. 밤의 냄새가 가득한 도로의 오른편, 화물들은 빈틈없이 쌓여 있고 제5구역이라니 저 안에는 동물들이 웅크리고 있을 것 같아 생각하며 눈을 창에서 떼지 않았다. 잠시 그 밤을 생각하다 종이컵을 버리고 시내 쪽 출구로 걸음을 옮겼다.

혼자서 기차역 같은 데를 가로지르고 있다 보면 다른 누군가를 생각하게 될 때가 있다. 사람들은 무리를 지어 지나가고 가끔 누군가는 홀로 지나가고 나는 부산에 여러 번 왔습니다 나는 부산을 기억하고 부산은 나를 기억하고 하지만 누구도 나를 증언해줄 수 없다는 사실을 깨달으며 역을 빠져나왔다. 사람들을 가로질러 에스컬레이터로 향했다. 에스컬레이터 끝에는 마르고 검은 얼굴의 파마머리 중년 여성이 전도지를 나눠 주고 있었다. 사람들은 받지 않았다. 나는 받을 것이다. 나는 저것이 무엇인지 알기 때문이다. 계단의 끝에서 기다렸다는 듯이 손을 내밀어 받았다. 중년 여성의 눈은 빛이 났는데 아주 낮은 곳에 있기 때문에 빛이 나는 것인지 아주 높은 곳에 있기 때문에 빛이 나는 것인지 알 수 없었다. 애초에 무언가를 완전히 믿는 상태는 아주 낮아진 상태인지 결국에는 높은 곳에 위치하게 되는 상태인지 알 수 없었다.

지구상의 불행은 왜 일어나는가?
모든 것은 생명으로 인하여 일어난다.

모든 불행의 소멸은 하늘에서 지구 위의 인간이 호흡하는 중에 신을 풀어 사악하고 불의한 악을 고치지 않은 인간 속에 신이 호흡과 같이 들어가 몸의 피를 응고시켜 죽이는 것이다.

종말은 종교에서 주장하는 천지가 뒤집히며 불이 타오르는 종말이 되는 종말은 없으며 구원이란 하늘에서 한 사람을 선택하여 정신을 밝게 열고 마음을 높게 세워 선을 통달케 하여 선과 일체의 선을 이루는 것이다. 이것이 구원의 참뜻이다.

부산역에서 시내로 향하는 에스컬레이터 끝에는 늘 잊기

힘든 문구가 적힌 종이를 나눠 주는 사람이 있다. 예전엔 늙은 남자였다. 오늘은 초라한 행색을 지워버릴 정도로 선명하게 빛나는 눈빛의 중년 여성이었다. 이들은 이 종이로 종교를 권유한다. 네, 저 역시 불행은 생명으로 인하여 일어난다고 다소 그렇게 생각해요. 어젯밤에는 출판사 사람들을 녹색과 개로 묶는 것을 생각했다. 그것 외에는 내가 할 수 있는 것이 없었기 때문이다. 그렇다면 할 수 있는 것을 하자. 그런가 하면 내게 지구상의 불행이 왜 일어나는지 설명해줄 저 중년 여성은 어젯밤 출판사 사람들이 앉았던 긴 테이블에 앉을 수 없을 것이다. 저분은 내가 의자에 앉기 전에 손으로 내 어깨를 누르고 지구상의 불행과 재앙에 대해 이야기해주실 것이기 때문이다. 저분은 계속 서서 이야기하실 것이다. 이야기가 끝나면 어쩌면 나는 저분이 데려온 다른 이들에게 묶일지도 몰라. 사람들은 내 팔다리를 묶고 어디론가 끌고 가버릴 거야. 나를 도와주는 사람은 없겠지. 이대로 끝내고 싶지는 않았는데…… 앞으로 가지 않고 멍하게 서 있자 사람들은 밀치듯 앞서 나간다 나를 내 앞을. 어디가 모두? 어디가? 나는 이대로 끝나지 않겠지 이대로 묶인 채로 끝나진 않겠지 하고 고개를 저으며 걸음을 옮겼다.

횡단보도를 건너 차이나타운으로 향했다. 차이나타운에는 한자보다 러시아 글자가 많은데 나는 저게 다 무슨 말인지 알어. 안경점에는 안경이라고 씌어져 있고 바에는 보드카라고 씌어져 있다. 바 앞에는 트레이닝복을 입고 있는 백인 여성이 핸드폰으로 게임을 하고 있다. 그 사람을 지나자 오래된 붉은 벽돌 건물이 나왔다. 몇 있지도 않은 친구들을 모아 자 만두를 사줄게 나랑 함께 가자 하고 차이나타운으로 끌고 온 다음 이 건물 앞에 서서 '이거 개화기 때 지어진 건물이야. 부산에서 제일 오래된 거라고' 해도 믿을지 모른다. 아주 작은 간판에는 (주)부산상사라고 씌어져 있었다. 두 손을 쫙 펴 벽돌에 가만히 대보았다. 벽돌에 손을 대고 이 건물 안에 뭐가 있어? 이 건물 안에 뭐가 있어? 이 건물 안에 뭐가 있어? 온 마음을 다해 세 번 묻고 천천히 손바닥을 뗐다. 언젠가는 손바닥 너머로 부산상사에서 무얼 하는지 보일지도 모른다. 그때가 되면 나는 어디서 무얼 믿고 있을까. 인간의 강렬한 의지를 근거 없는 믿음을 그 모든 것이 알 수 없는 방향으로 향해 있는 나 자신을 믿고 있을 것이다.

그런 내가 믿는 것은 말로 된 세계는 없다는 거예요. 하지만 가장 중요한 것은 말이지요. 나는 가장 중요한 것은 말이라는 말을 내뱉는 A를 여러 번 상상했다. 그는 잠시 생각하다 어렵게 내뱉을 것이다. 그렇지만 가장 중요한 것은 말입니다. 그 순간을 떠올리는 것으로 나라는 사람이 말로 싸울 수 있는 사람일지도 모른다는 확신을 얻는다. 어쩌면 용기를 얻는지도 모른다. 그런데 왜 말로 싸웁니까? 오염된 말로부터 나의 말을 지켜야 하니까요. 오염된 말은 무엇입니까? 오염된 말은 그저 적당한 말입니다. 아—그저 적당한 말이라, 그렇다면 당신의 말은 오염된 말이 아닙니까?

최근에 열심히 읽은 거라고는 내용증명밖에 없고 내용증명의 말은 그저 적당한 말뿐인데. 그런 내용증명은 말한다. "발신자가 계약을 파기할 시 상금과 책을 내는 데 들었던 일체 비용을 청구할 권리가 있다고 할 것이며 다른 출판사와 계약 시 출판된 책을 가처분 신청할 권리가 있다고 할 것이며 다른 출판사에도 손해배상을 청구할 권리가 있다고 할 것입니다." 한숨도 쉬지 않고 열심히 말한다. '있다고 할 것입니다'가 굉장히 많네요. 그렇다면 '있다고 할 것입니다' 한 마리를 여기 풀어도 되나요? 부산은 넓고 골목은 많아 말 한 마리를 죽여도 될 것이라고 묻고 또 묻고 대답을 기다리다 결국 스스로 납득해버린다.

나는 대답을 듣기도 전에 '있다고 할 것입니다' 한 마리를 놓아버리고 '있다고 할 것입니다' 한 마리는 도마뱀처럼 빠르게 도망치려 하고 나는 그걸 쫓아가 발로 밟았다. 그저 적당한 말은 내 오른쪽 발을 잡고 놓아주지 않으려 했고 나는 왼발로 오른발을 밟았다. '있다고 할 것입니다' 한 마리는 괴로워하며 기침을 했다. 입에서 거품을 토했다. 배는 터져서 피가 흘렀고 다리는 부들부들 떨고 있었다. 등 뒤 저편에는 붉은 벽돌 건물이 있다. 그보다 더 멀리에는 바다가 있고 다른 방향에는 큰 시장이 있고 시장 위쪽에는 헌책방이 늘어서 있다. 오래된 골목들을 지나 40계단을 지나자 부산호텔이 보였다.

이 말과 싸울 수 있는 말, 이 말에게 너는 스스로 네 자신 전체를 내뱉고 길가는 사람들에게 밟히는 것으로 너의 시간을 끝내, 하고 말할 수 있는 말. 그런 말은 뭐야? 나는 걸으며 생각한다. 목이 말라 편의점에서 생수를 사서 마시며 생각한다. 생수를 벌컥벌컥 마시며 생각한다. 생수를 마시는 동시에 걸으며 생각한다. 우리가 찾아야 하는 말.

"한순간에 의식을 넓히는 말이 있습니다. 그것은 동시에 말의 지평을 넓히는 말이 될 것입니다. 그런 말들은 지금까지 있어왔고 저는 그것을 연극을 통해 찾으려는 것입니다."

A는 대담집에서 이런 말을 했는데 나는 그 말을 품고 걸음을 옮긴다. 말의 지평을 넓히는 말, 하고 잊지 않으려 반복해서 생각한다. 그런 말을 찾고 있어요 나도. 그리고 몇 개 알고 있기도 하지. 물 좀 주소 물 좀 주소 목 마르오 물 좀 주소 물은 사랑이요 나의 목을 간질며 놀리면서 밖에 보내네.* 나는 알고 있는 말이라고 할 수 있는 말을 불러내어본다. 물 좀 주소는 황토색 흙이 되어 내 앞에 뿌려지고 몇 개의 물방울이 그 뒤를 따르고 비 온 뒤 흙냄새는 공기를 감싼다. 나에게는 몇 가지 말이 있고 말의 지평을 넓히는 말 그런 말을 가지고

있고 A는 연극으로 찾는다는 그것을 나 역시 찾으려 걷고 있다. 흙냄새와 비냄새를 지나 길을 걷는 사람들은 점점 많아지고 나는 그저 적당한 말인 '있다고 할 것입니다'들을 뜯어내 바닥에 던졌다.

'있다고 할 것입니다'는 어린 말, 그저 적당한 말인 데다 협박과 압박 속에서 살던 말 그래서 따귀를 맞거나 발로 차이는 것밖에 아는 것이 없는 말, 바닥에 떨어지자마자 소리를 지르며 울었다. 사람들이 지나가는 길 한복판에서 그저 적당한 말들은 소리를 지르며 울고 있고 나는 벤치에 앉아 귤을 까먹으며 이 말들을 사라지게 할 말 스스로 반을 접고 또다시 반을 접고 마지막으로 반을 접고 또 접어 사라지게 만들 말을 생각했다.

"나, 내가 정말 '있다고 할 것입니다'야?"

울음을 간신히 그친 비쩍 마른 흰 얼굴의 '있다고 할 것입니다'는 묻는다. 한 마리는 묻고 한 마리는 여전히 통곡을 한다. 잠자코 그 모습을 바라보았다.

"내가 그런 어미야? 그런 갈팡질팡하고 미적지근한데 신중하지는 못하고 될 대로 되라는 느낌에 어쩐지 너를 괴롭힐 수 있다는 분위기를 풍기며 A4용지에 박혀 있는 그런 말이야?"

나는 여전히 뒤엉켜 있는 그저 적당한 말들을 바라보았다. 그것은 풍경이 아니고 바라보고 싶은 것도 아니고 구더기와 파리가 뒤엉킨 모습 같은 것이었다.

비쩍 마른 노란 얼굴의 '있다고 할 것입니다'는 울고 있던 또 다른 '있다고 할 것입니다'의 목을 졸랐다. 두 손이 빨개질 때까지 힘을 줘 목을 조르고 다시 그 손으로 목을 뜯어버렸다. 울고 있던 '있다고 할 것입니다'는 손을 더듬어 이미 사라져버린 머리를 찾으려 했다. 간신히 손에 머리가 닿자 자신의 귀를 코를 뜯어내고 눈을 뽑아 던졌다. 손에 힘이 없어 그것들은 멀리 가지 못했다.

이미 온몸이 너덜너덜해진, 머리가 없고 배에서 피가 흐르는 '있다고 할 것입니다'는 무릎으로 옆에 누운 비쩍 마른 흰 얼굴의 '있다고 할 것입니다'의 얼굴을 짓이겼다. 머리가 없는 목에서는 계속 피가 흘렀고 머리는 없지만 팔다리는 있어요라고 말하는 듯이 팔로 팔을 비틀고 무릎과 발로 온몸을 밟고 짓이겼다. 그저 적당한 말은 내가 말을 찾기도 전에 서로가 서로를 죽였다.

나는 가방에 남은 귤 세 개를 그 자리에서 다 까먹었다. 손에서 귤냄새가 났다. 바람이 셌다. 부산은 바다가 있으니까 바람이 세지. 벤치에 머리를 기대고 하늘을 보았는데 어느새 주위는 어두워져 차례차례 크리스마스용 조명이 켜지고 있었으며 조명이 켜지면 켜질수록 점점 피로해졌다. 간신히 일어나 편의점에서 따뜻한 캔커피를 사서 반대편 벤치에 앉았다. 카메라 상점이 문을 닫고 셔터를 내리자 기타를 든 남자가 와서 노래를 부르기 시작했다. 기타 케이스는 모금함이 되었다. 몇몇 사람들은 남자의 노래를 듣다 동전을 기타 케이스에 넣고 갈 길을 갔다. 대개는 잠시 걸음을 멈춰 무슨 노래인가 생각하다 걸음을 옮겼다. 나와 남자의 오른편 골목에는 부산호텔이 있고 왼편을 향해 좀더 걸으면 커다란 시장이 있고 커다란 시장의 초입에는 내가 자주 가는 옷가게가 있는데 옷가게 주인은 언젠가 내게 그런 말을 했다.

"결국에는 옷의 의지 문제라고."

"뭐가요?"

"옷을 잘 입으려면 결국 옷의 의지를 이해해야 한다는 거지. 옷을 잘 입는 사람은 어쨌거나 옷의 의지를 이해하고 있다는 거야."

그 사람은 코듀로이 재킷의 소매를 접어 올리며 말했다. 이 재킷은 딱딱하게 입는 것이 아니라 이렇게 팔을 올려 자연스럽게 입으려는 의지가 있는 거라니까. 그걸, 그러니까 그 의지를 이해해야지.

옷의 의지라, 옷의 의지 그 말은 가끔 이렇게 생각이 나 지금 내가 대체 뭘 어떻게 입고 있지 하고 새삼스럽게 그날 입은 옷을 훑어보게 했다. 나는 캔커피를 하나 더 사 와 남자 앞에 앉아 이 남자는 무얼 입었지 바라보다 다시 내가 입은 옷을 바라보다 했다. 편의점에서 거슬러 받은 돈을 기타 케이스에 넣자 남자는 고맙다고 인사를 했다. 나는 고맙다는 인사를 받고 고맙다는 인사는 보통 언제 들어도 좋지 생각하며 내 앞에서 노래를 부르던 남자와 짧은 대화를 나누고 대화가 끝나자 남자는 다시 노래를 부르고 나는 그 노래를 듣고 바다 냄새가 나는 바람은 부는데……

"여기선 몇 시까지 계세요?"

"9시 반이요 보통. 비 오면 안 오구요."

시간은 9시 반이 다 되어가고 나는 캔커피를 두 잔 마셨고 그 전에는 그저 적당한 말들을 죽였고 그들의 자살과 타살을 목격했고 언젠가는 증언하게 될 것이며 먹은 것은 귤밖에 없고요 지금 가장 보고 싶은 것은 깨끗하고 푹신한 침대 가장 하고 싶은 것은 그 위에서 옷의 의지를 그다지 이해하지 못하는 나와 너의 옷을 벗고 쓰다듬고 핥고 뒹굴다 잠드는 것이에요. 여느 때처럼 조금 피로합니다만 괜찮으면 나랑 같이 자주세요, 이런 말을 하고 싶지만 말을 하지 못하고 빙글거리며 노래를 들었다. 노래가 들리거나 바람이 불거나 오염된 말로부터 나의 말을 지키기 위해서는 계속해서 할 수밖에 없다 그 모든 것을 하고 목소리는 반복해서 말하고. 그래서 당신의 말은? 오염되지 않은 말인가? 하는 질문이 귓가를 맴돌고 그 모든 것을 증언하고 증명하고 죽이고 그들 스스로 죽는 것을 목격하고 싸우는 것을 쓰고 말하고 입을 벌리는 것을.

눈앞에서는 남자가 마지막 노래가 아닐까 싶은 노래를 부르고 있고 나와 남자의 오른편으로는 부산호텔이 있고 왼편으로 향하다 보면 커다란 시장이 있는데 이 시장에서는 헌 옷을 산처럼 쌓아놓고 팔고 있으며 그 맞은편에는 회를 파는 역시나 커다란 시장이 있는데 회를 파는 커다란 시장이 있는 도시는 바닷가 도시겠지? 부산에는 바다가 있고 부는 바람은 바다 냄새가 나는 바람. 바람에 실려 부산의 목소리가 노랫소리보다 선명하게 들려오는데 부산은 내게 너는 왜 바다 이야기 해운대 이야기 광안리 이야기 그리고 반짝거리는 야경과 그 밖에도 줄줄줄 댈 수 있는 모든 멋진 것들을 말하지 않고 그저 적당한 말들만 그것들을 죽인 이야기만 하는 거야? 왜 나에게 오염된 것들을 버리고 가려는 거야? 부산은 내게 항의하고 나는 알아 알아 다 안다니까 웃으며 부산에 가면 많은 멋진 것들이 있지 바람에 대고 말하며 아직 남은 '그저 적당한 말'을 뜯어내 바닥에 내던졌고 그저 적당한 말은 떨어지지 않으려 내 손을 깨물었고 내 손에서는 피가 났고 내 피는 붉었다. 손을 입에 가져가 피를 빨았고 남자의 노래는 계속되고 있었고 나의 피는 푸르거나 노랗거나 하얗지 않고 붉다. 그저 적당한 말은 파랗게 질려 있고 나는 이 노래를 한동안 듣지 못할 거야 하지만 잊지도 못하겠지 생각했다. 벤치 옆에 있는 쓰레기통을 들어 그저 적당한 말을 향해 던졌고 내가 던지기도 전에 그저 적당한 말은 준비한 약을 삼켰고 바람에 실린 부산의 목소리는 다시 이게 뭐야 또 그러네 하고 나를 놀리고 나는 알아 다 안다니까 부산에 가면 만나게 될 거야 아주 멋진 것을 많은 좋은 것을 어쩌면 오염되지 않은 말과 말을 넓힐 말과 깨끗한 침대와 잠꼬대를 하는 남자와 잠꼬대를 하지 않는 남자와 오랫동안 잊지 못할 노래를 그 모든 것을 만나게 될 거야라고 웃으며 말했다. 정말이야 그 모든 것을 만나게 될 거야. 나와 부산은 동시에 말했다. 만나게 될 거야 하고.

부산의 목소리는 바람에 실려 지나갔고 그 목소리는 잠시 웃는 것도 같았고 나는 붉은 피가 흐르는 손을 내려다보았고 남자는 노래를 마치고 걱정스러운 표정으로 나의 손을 살피러 한 걸음 앞으로 나왔다 오른발을 먼저 움직여서. 나는 피가 흐르는 손을 입으로 가져갔고 내 손에서는 피 맛이 나, 자꾸 피를 빨았고 내 손을 바통터치하듯이 남자는 가져가 빨았고 이제 우리가 서로의 입술을 빨아도 우리는 나의 피를 빠는 것이 될 거야. 피는 가늘고 붉고 혹은 넓고 끈적끈적하다. 빠는 것이라는 말은 입술의 모양이거나 보라색이고 부산은 넓고 거친 회색이며 가끔은 노랗고 붉은 계통의 화려한 색이다. 나는 다시 한 번 옷의 의지를 살피려는 듯이 나와 남자를 살폈는데 내 손은 나의 것이라기보다는 나에게 달려 있는 어떤 것처럼 남자의 입에 물려 있고 우리를 묶고 있는 것은 가늘고 붉은 모양의 피와 입술 색을 하고 있는 빠는 것, 그리고 부산이었다. 그 세 개의 말은 우리를 묶거나 붙여놓고 있었다. 특히 부산은 우리의 두 손과 허리, 발목 등 여러 군데를 묶고 있었다. 우리 중 누군가가 아무 생각 없이 한 걸음 내디디면 우리는 피와 빠는 것 혹은 부산에 걸려 넘어질 것이다. 그러므로 서로의 손이나 입술 허리를 알아서 꼭 껴안고 구르거나 천천히 이인삼각하듯 조심스럽게 한 걸음씩 움직여야 할 것이다.

* 한대수의 「물 좀 주소」 가사 중 일부를 가져왔다.

너무의 극장

처음엔 그게 체호프의 「갈매기」라고 들었어. 그 이야기를 듣고 조금 설레었는데 체호프의 「갈매기」라면 한번쯤은 해보고 싶다고 이전부터 생각했거든. 「벚꽃동산」이라면 고민했을 거야. 「갈매기」라면 그래 좋아 괜찮은데? 싶었던 거지. 「갈매기」로 결정되었다는 이야기를 듣고 줄곧 그런 마음이었다. 약간의 부담은 있지만 대체로 설레는 마음. 그렇게 체호프의 「갈매기」로 결정된 줄 알았더니 곧 연락이 와 아니 공연은 이오네스코의 「왕은 죽어가다」일지도 모른다고 하는 거야. 처음엔 살짝 놀라고 황당했지만 곧 마음이 바뀌어 그런가? 생각하며 왕은 죽어가다라…… 그래도 뭐 꽤 재미있겠는데? 싶어졌다 바보같이. 아니 실은 이오네스코도 좋아한

단 말야. 기대하고 있었지. 내가 맡은 일은 공연 직전에 준비하면 되는 거고 내가 아니라도 상관없고 다른 누가 해도 대체로 비슷한 그런 일이지만 그래도 공연 기간 내내 봐야 하니까 좋아하는 공연이면 싶었거든. 하지만 말은 또 바뀌어 작품은 정해지지 않았지만 어쨌거나 셰익스피어…… 저기 셰익스피어요? 네, 그 셰익스피어요. 셰익스피어, 셰익스피어란 말인가. 이제 다른 무엇으로 바뀐대도 놀라지 말아야지 싶은 마음이 그 순간 들었다 들어버렸다. 놀랍지도 않다는 목소리로 알았다고 하고 말았어. 그리고 며칠 후 다시 전화가 왔는데 다행히! 셰익스피어에서 바뀐 건 없고 좀더 좁혀지는 중이라고만 했다.「햄릿」이나「리어왕」은 아닐 거예요. 아마 셰익스피어를 떠올렸을 때 10분쯤 고민해야 생각나는 뭐 그런 작품으로 정해질 거예요. 그게 어떤 거냐고 물었는데 그 사람은 다시 말을 바꾸게 될까 봐 우물쭈물하다가 글쎄요「겨울이야기」 같은 거 아닐까 싶네요. 사실「겨울이야기」가 될 것 같아요. 자신 없는 목소리로 덧붙였다. 여태 듣던 목소리 중에 가장 자신이 없어서 그 자신 없음이 신선하게 느껴졌고 왠지 아「겨울이야기」일 것 같아, 이번에야 말로 바뀌지 않고「겨울이야기」가 되지 않을까 생각했어. 그랬다. 셰익스피어의「겨울이야기」. 제목만 들으면 셰익스피어의 극인지 모를 확률이 높은 그 작품 아마 보통은 모르겠지 그런 작품 10분쯤 고민해도 모를걸?

애초에 조연출이 나를 부른 건 조명 오퍼레이터를 하라는 거였지. 그런 아르바이트라면 여러 번 해봐서 게다가 시간이 많았다 정말. 네 좋아요 연락주세요 하고 곧 잊어버렸다. 부르면 가야지 부르기 전에는 나대로 나의 것 나의 돈벌이 나의 빨래 나의 청소 나의 잠 나만이 아닌 잠 나와 남자의 잠 같은 것들을 할 계획이었다. 계획대로 나의 것들을 하는 사이 공연은 연극영화과 신입생들의 필독 목록들을 차례차례 지나더니 셰익스피어의 「겨울이야기」까지 왔다. 와버렸다. 제본된 「겨울이야기」를 건네받고 다시 읽으며 셰익스피어는 신기한 사람이네 정말, 그런 생각도 했다. 몹시 감정적이며 균형 감각이라고는 없으며 그럼에도 그런 평가들을 뭉개며 내 눈앞에서 웅변한다. 너는 지금 나를 읽고 있어 보고 있어 똑바로 보거라 하고. 그게 끝인 거야 근데. 그 후로 누구도 나를 부르지 않았다. 왜 부르지 않을까, 리허설을 보라고 할 텐데 조명 디자이너가 설명을 할 텐데 왜 안 부를까 고민하다 먼저 연락을 하면 아 예 아 예 하고 조연출은 바쁘다는 듯이 끊어버렸는데 시간은 그럼에도 흐르고 아니 오히려 굉장히 빠르게 흐르는 느낌을 주었는데 결국 내가 극장에 들어선 것은 공연 시작 두 시간 전이었고 조연출 연출 무대감독은 날 보더니 아무것도 아네요 여기 이 큐시트대로만 하면 돼요 조명 바뀌는 거 거의 없어요 짠 듯이 큰 목소리로 말했다. 내 옆에는 나 못지않게 한가한 남자가 날 따라와 멀뚱히 서 있었는데 조연출 연출 무대감독 등은 남자가 누구냐고 묻고는 대답을 듣자마자 음향 오퍼레이터를 하라고 부탁도 아니고 권유도 아니고 그냥 시켰다. 해야만 해요 당신은 우릴 도와야 합니다 구해야 합니다 공연이 어떻게든 올라가야 하지 않겠어요, 시켰다 그런 식으로. 그렇게 아무 생각 없는 남자와 여자는 음향 오퍼레이터와 조명 오퍼레이터가 되어 조종실로 들어가 큐시트를 봅니다. 남자와 여자는 큐시트를 보고 또 보고 익숙해지려 노력하고 대본을 보고 다시 확인하고 이 다음 큐가 뭐였더라 떠올린다. 그렇게 한 시간쯤 지났을까 무대감독은 무전기를 들고 와 사용법을 알려준다. 이미 알고 있어 아주 간단하지 이 버튼을 누른 채로 말하면 되는 거잖아. 무대감독은 조종실을 나가며 부담 갖지 말고 편하게 하라는데 나는 이 막무가내들은 틀려도 할 말이 없을 거야 줄곧 그렇게 생각하고 있어서 생긋 웃으며 네에 부담 없이 할게요 진심으로 대답한다. 무대감독이 나가고 남자는 야 이거 음악이 고작 세 번 나와라고 말하고는 여자를 뒤에서 끌어안는다. 남자와 여자는 껴안은 채로 무대를 바라보는데 무대에는 어째 아무것도 없는 느낌이라 뭐지 셰익스피어 아닌가 아주 아방가르드한 셰익스피어인가 현대적으로 재해석해보는 셰익스피어인가 웃긴다 생각하며 텅 빈 무대를 바라보고 있다. 혹시 몰라 조명을 켜보았는데 역시나 텅 빈 무대에 왠지 망연자실한 기분이 되었다.

—음악이 세 번 나오고 조명은 열네 번 바뀌는 텅 빈 무대의 셰익스피어 극은 어떤 극일까, 어떤 극이 될 수 있을까, 어떤 극이라야 좋을까?

〈연극의 이해〉 혹은 〈연극사〉 구체적으로는 〈서양 연극사〉 그런 교양 수업 기말고사 문제 같은 질문이다 의문이다. 나와 남자는 비웃고 싶은 마음을 추스르고 다시 의자에 앉아 큐시트를 보고 대본을 보고 그럴수록 더욱 웃기지도 않네 싶은 마음이 되었지만 그런 마음도 간신히 누르고 다시 큐시트를 보고 대본을 보며 객석 입장을 기다렸다. 기다릴수록 대체 누가? 배우 친척 친지 친구 들이 오는 것인가? 싶었지만 네에 잘해볼게요라고 어딘가 있을 것이 분명한 극장과 연극의 신에게 떨떠름한 표정으로 고개를 끄덕였다. 기다리고 기다리다 보니 무전기로 관객 입장이 시작된다는 목소리가 들리고 나는 객석 등을 켜고 남자는 지정된 편안한 음악을 튼다. 그때 극장 문을 열고 들어오는 관객들의 등을 보았는데 모든 등은 굳어 있고 무엇도 기대하지 않는 등이었는데 어째서 공연을 보러 오는 등이 다 저렇게 딱딱하지? 신기할 정도였다. 입장하는 관객들의 등을 보며 왠지 무서워하고 남자에게 말했는데 남자도 그지 그지? 하고 동조해주었고 나는 우리가 같은 것을 느낀다는 것이 즐거워 살짝 가벼운 마음이 되었다.

하지만 왠지 그 엄격한 등을 보는 것만으로도 마음이 무거워져, 방금 전의 가벼운 마음은 곧 서늘한 마음이 되었다. 그에 아랑곳하지 않고 굳어 있는 엄격한 등들은 줄줄이 극장 문을 열고 들어와 앉았다. 딱딱한 등들은 떠들지도 않고 웃지도 않고 A열 1번 좌석부터 차례차례 앉았다. 고민하지 않고 질서 있게 마치 앉는 것을 연습했던 것처럼. 앉아버렸다. 어느새 멍한 눈이 되어 무대를 바라보았다. 바라보고 있는데 옆의 남자, 그러니까 한가하고 어린 남자애 지금은 어쩌다 보니 음향 오퍼레이터가 되어버린 그 남자가 나를 툭 치며 5분 전이라고 말했다. 황급히 조명을 바꾸었다. 남자는 음악을 서서히 줄였다.

바뀐 조명을 확인하고 무대를 보았다. 여전히 텅 빈 무대 아무도 안 나오네. 큐시트를 확인하고 대본을 앞뒤로 다시 보고 고개를 들어 무대를 보고 또 보며 한참을 기다려도 누구도 나오지 않았다. 어쩔 수 없지, 불안한 마음으로 기다렸다. 기다리고 기다리고 하염없이 기다리다 무전기로 왜 배우님이 나오시지 않는 거지요? 극존칭으로 세 번을 묻고 또 물어도 대답은 없고 여전히 텅 빈 무대. 나와 남자는 미국인처럼 어깨를 으쓱했다 동시에.

(모두 움직이지 않은 채로)

여전한 것은 텅 빈 무대와 딱딱하게 굳은 등들이 열을 맞춰 앉아 있는 객석.

—배우의 등장이 늦어지고 있을 시 스태프들은 어떤 대처를 해야 옳은가?

(혹은)

—배우의 등장이 늦어지고 있을 시 스태프들이 취해야 할 행동을 서술하시오.

나는 다시 시답지 않은 문제를 만들어내고 나보다 키가 17센티미터 정도 큰 음향 오퍼레이터는 내 목덜미를 빨기 시작하고 환한 조명은 여전히 환하다. 저 환한 조명은 왠지 조명 오퍼레이터를 부끄럽게 만드는구나. 아니 조명 오퍼레이터뿐만이 아니라 전 극장의 모든 사람을 부끄럽게 할 만큼 환하다고 말할 수 있다. 그때 붉은 숄을 두른 수염이 난 남자 배우가 등장했는데…… 너무 오래 기다려서인지 그의 등장이 몹시 비현실적으로 느껴졌다. 배우의 등장에 긴장을 한 조명 오퍼레이터와 음향 오퍼레이터는 하던 일을 멈추고 무대를 주시한다. 배우는 숄 안에서 신문을 꺼내 읽기 시작하는데 무어라 하는 거야? 무대에 설치된 마이크 볼륨을 좀더 높이고 귀를 기울인다. 남자 배우는 반복적인 텍스트를 읽는다. 한참 귀를 기울이고 듣자 남자가 무어라 하는지 알아들을 수 있었다.

"우리는 인간을 죽였고 남자와 여자를 늙은이와 아이를 죽였으며, 인간을 그리고 그들의 심장을 먹어치웠다. 우리는 그들이 눈이 멀 때까지 구타를 했고 사람들의 얼굴을 무참히 가격했다."

"우리는 인간을 죽였고 남자와 여자를 늙은이와 아이를 죽였으며, 인간을 그리고 그들의 심장을 먹어치웠다. 우리는 그들이 눈이 멀 때까지 구타를 했고 사람들의 얼굴을 무참히 가격했다."

"우리는 인간을 죽였고 남자와 여자를 늙은이와 아이를 죽였으며, 인간을 그리고 그들의 심장을 먹어치웠다. 우리는 그들이 눈이 멀 때까지 구타를 했고 사람들의 얼굴을 무참히 가격했다."*

배우는 반복적으로 세계의 매우 반복적인 일에 관해 이야기했다. 한편 오퍼레이터인 우리에게 예정된 일은 다음과 같았는데 나의 조명은 붉은 옷을 입은 일곱번째 배우가 등장할 때까지 바뀌지 않으며 남자의 음악은 푸른 옷을 입은 세번째 배우가 울기 전까지 바뀌지 않는다. 조명 큐시트와 음향 큐시트는 그렇게 말하고 있었다. 그것이 우리에게 예정된 일이었다. 반복과는 무관한 듯하지만 절대로 무관하지 않은 예정된 일. 각각 붉은 옷의 일곱번째와 푸른 옷의 세번째가 등장할 때까지 또한 울 때까지 바뀌지 않아. 우리는 세계의 반복적인 일에 관해 말하는 반복적인 텍스트를 들으며 포개져 있는데.

우리는 일곱번째와 세번째가 등장하기를 기다리며 곁눈질을 하며 입술을 댔다 뗀다. 나는 고개를 돌려 남자의 입술을 빨았다. 남자는 내 티셔츠 안으로 손을 넣어 가슴을 만졌다. 나는 남자의 손 그러니까 티셔츠 안에 있는 손을 티셔츠 바깥에서 잡았다. 우리는 반복적인 텍스트를 들으며 우리는 예정된 일을 기다리며 우리는 집에서 반복하던 일을 우리는 극장에서 반복했다.

"(티셔츠 안의 남자의 손이 움직이고 그 위로 티셔츠가 있고 티셔츠 위로 나의 손이 움직이며) 우리는 (혀를 움직이며) 인간을 죽였고 남자와 (잠시 눈이 마주쳤고) 여자를 늙은이와 (나와 남자는 잠시 떨어져 다시 무대를 보았으나 곧 다시 포개져) 아이를 죽였으며(나는 조명 콘솔의 모퉁이를 잡고 간신히 서 있으며), 인간을 (한 손으로는 남자의 머리를 쓰다듬고) 그리고 (남자의 머리를 끌어올려 다시 남자의 입속으로 혀를 집어넣고) 그들의 심장을 먹어(남자는 힐끔거리며 무대를 확인하고)치웠다. 우리는 (나는 혀를 내밀어) 그들이 (핥고 또 핥고 그게 무엇이든) 눈이 멀 때까지 (핥고 또 핥으며) 구타를 했고 사람들의 (키스를 하고) 얼굴을 (나는 아까의 남자처럼 무대를 본다) 무참히 가격했다(다시 반복했다)."

붉은 옷의 배우는 적어도 열 번은 되지 않았을까? 그 텍스트를 반복했다. 그리고 들고 있던 신문을 접어 옷 사이로 넣고 뒤로 돌아 퇴장을 하려고 걸음을 옮겼다. 그렇게 세 걸음쯤 옮겼을 때였지 아마. 객석의 C열 2번쯤일 거야, 거기 앉아 있던 누군가 일어나 무대 위로 올라갔다. 올라가 붉은 옷의 배우를 붙잡는다. 오늘 관객의 등은 그러니까 등이라는 모든 등은 엄숙하고 엄격하고 딱딱하고 무자비한 등이라고 생각했는데 정작 밝은 조명 아래서 보니 그게 아니었다. 아까 내가 본 어김없이 하나같이 모두 똑같이 짠 듯이 딱딱한 그 등이 저 등이 맞는 거야? 정말 저 등이었어? 그런 말이 튀어나올 정도로 무대 위로 올라간 등은 왜소하고 불안해 보이는 평범하고 밋밋한 등이었다. 저런 등이 무서웠단 말이야? 말도 안 돼. 전혀 무섭지 않군. 이상하다고 생각하며 그 평범한 등을 주시했다. 저 사람은 근데 왜 무대로 올라간 걸까 이 공연은 제대로 되는 게 하나도 없네 나는 내 맘대로 관객에게 그러니까 저 왜소한 등에 핀 조명을 주고 싶은 마음을 참고 무대를 지켜보았다. 무대에 올라간 왜소한 등은 붉은 옷의 배우의 어깨를 붙잡은 채로 한참을 가만히 있는다. 어깨를 붙잡은 손은 부들부들 떨리는데 거기에는 납득할 수 없는 분노가 있다. 납득할 수 없는,이라기보다는 납득해서는 안 되는,에 가까우려나. 그때 남자애가 갑자기 내 목을 세게 깨물었고 나는 아야 하고 소리를 질렀는데 너 왜 그래 원래 안 그러잖아! 움직이던 손이 잠시 멈추었고 객석에서는 D열에 앉아 있던 다른 관객이 올라와 트로피 같아 보이는 물건으로 붉은 옷을 입은 배우의 머리를 내리쳤다. 붉은 옷의 배우는 방금 전 내가 지른 것보다 큰 소리를 그러나 엄청나게 큰 소리는 아닌 소리를 질렀다. D열의 관객은 다시 내리쳤다. 내리치고 내리쳤다. 내리치는 것을 반복했다. 남자는 다시 한 번 내 목을 깨물었다. 나는 뒤로 돌아 남자의 얼굴을 쳤다.

남자는 머뭇머뭇거리다 내 어깨에 손을 얹는다. 나는 고개를 앞으로 돌리고 남자는 내 어깨에 고개를 묻고 우리 둘은 무대를 바라본다. D열의 관객은 C열의 관객보다는 커다란 어깨를 가졌지만 그 어깨에는 강한 피해의식이 들러붙어 있다. 강한 피해의식과 강한 폭력. 그것을 양가적이라고 한다면 나는 내 어깨에 고개를 묻고 있는 이 남자에게 누구보다 강한 양가적 감정을 느낀다. 남자의 손을 가져와 내 허리를 감게 하고 감자마자 획 풀어 뺨을 때린다. 그것은 기쁘고 그것은 나쁘고 네가 나를 무릎 꿇린다면 그보다 좋은 일은 없을 것이며 내가 너를 무릎 꿇린다면 그보다 기쁜 일은 없을 것이다. 네가 나를 때리면 나는 맞겠다는 자세로 너의 옷을 벗기며 네가 빌 때까지 너를 후려치는 일을 멈추지 않겠다는 자세로 나의 옷을 벗는다. 옷을 벗을 때면 거기에 뭐가 있는지 보는데 거기엔 귀여움 애정 따뜻함이 있어 우리에겐 공정한 데다 다정한 마음과 부는 바람이 있어 그런 가벼운 구름들을 본다.

그런 공기들을 보지만 내 양손은 모든 양가적인 때리고 맞고 던지고 구르는 그 모든 것을 하고야 말겠다는 자세를, 또한 의지를 쥐고 있다. 내가 쥐고 있다기보다는 손을 펴보니 그런 걸 쥐고 있었다.

D열의 관객은 내리치는 것을 반복하다 어느 순간 멈췄다. 붉은 옷의 배우는 붉은 덩어리가 되었다. C열의 관객은 그 왜소한 어깨로 흐느꼈다. 부들부들 떨었다. 나란히 앉아 있던 사람들 꼿꼿하게 어깨를 펴고 있던 관객들 아무런 움직임 없이 붉은 덩어리를 보고 있다. 보고 있다 아무런 반응 없이. 나는 뒤를 돌아 남자의 어깨를 붙들고 묻고 싶지만 묻지 못하고 남자의 어깨를 흔든다. 남자는 떨고 있었는데 내가 흔드는 대로 흔들리다 다시 나를 껴안았다. 나와 남자는 그러니까 조명 오퍼레이터와 음향 오퍼레이터는 껴안은 채로 떨다 견딜 수 없어져 서로를 힘주어 껴안고 잠시 후 다시 무대를 본다. C열의 남자가 비틀거리며 배우 쪽으로 간다. 이미 너덜너덜해진 배우의 상반신을 일으킨다. 주머니에서 줄을 꺼내 배우의 팔을 뒤로 돌려 묶는다. 여러 번 묶는다. 튼튼하게 묶고 줄로 배우를 힘들게 끌고 간다 무대 뒤로. 잠시 후 C열의 관객은 이전보다 차분해진 얼굴로 원래 자리로 돌아가 앉는다. 그러니까 C열로. 그런가 하면 D열의 관객은 진작 원래 자리 D열에 앉아 있다. 내 옆의 남자는 부질없이 무전기로 묻는다. 이게

어떻게 된 건가요? 방금 이거 뭔가요? 나는 남자의 떨리는 손에서 무전기를 뺏는다. 우리는 도망을 가야 할지 모든 것이 끝나기를 그러니까 여기는 극장이고 저기는 무대니까 기다리다 보면 끝이 있기야 있을 테니 그 끝을 기다려야 할지 아직 판단을 내리지 못한 채 떨고만 있었다.

그때 나는 셰익스피어의 「겨울이야기」를 떠올리려고 애쓰고 있었는데 「겨울이야기」가 내게 무언가 알려줄 것 같아서 그런 것은 아니야 아니었다. 무슨 생각을 해야 할지 몰라서 「겨울이야기」라도 생각해볼까 싶었던 것이다. '무얼 해야 할지 모른다면 생각해보아도 도무지 모르겠다면.' 남자는 다시 내 치마 안으로 손을 집어넣고 떨리는 손으로 문지르다 무릎을 꿇고 핥다 깨무는데 오늘 왜 이렇게 자꾸만 깨무는 거야? 우선은 참는데 나는 화를 참고 참다가 그걸 쌓아두다가 아주 커다랗게 화를 낼 거야. 그러니까 참는다. 남자는 자꾸만 깨문다. 팔에 힘을 주고 간신히 서 있는다 나는.

두번째 붉은 옷의 배우가 무대 위로 등장했다. 흰 옷을 입은 배우도 무대 위로 등장했다. 흰 옷을 입은 두번째 배우도 무대 위로 등장했다. 셋은 연기를 했다. 붉은 옷의 배우는 죽기 싫다고 하고 배우 한 명은 울고 다른 배우는 당신은 죽을 것이라 한다. 셋은 크게 훌륭하지 않은 연기를 하고 있는데 크게 훌륭하지 않은 연기는 크게 나쁘지 않은 연기이기도 하여 그럭저럭 괜찮은데 생각하며 지켜보았다. 어느샌가 관객

셋이 무대 위로 올라가 각 배우 뒤로 서 트로피 같은 무거운 물건으로 그들의 머리를 내리치기 시작했다. 관객들의 등은 이전처럼 딱딱하거나 거대해 보이지 않는다. 평범한 등을 가진 세 명의 관객은 세 배우들의 머리를 내리치는 것을 반복했다. 그런가 하면 남자는 아직도 무릎을 꿇고 핥고 깨무는 것을 반복했고 나는 이제 화를 참지 못하고 좁은 조종실 바닥에 남자를 쓰러뜨린다.

생각했는데 그러니까 자꾸 셰익스피어의 「겨울이야기」가 생각이 나서 말이야. 나만 이상하다고 생각하는 거 아니지? 체호프의 「갈매기」에서 이오네스코의 「왕은 죽어가다」, 그다음엔 셰익스피어의 「겨울이야기」. 그런 식으로 자꾸만 바뀌었던 거, 사실 「갈매기」라고 말할 때도 해럴드 핀터의 「배신」과 체호프의 「갈매기」 중 고민하고 있는데 아마 「갈매기」일 거예요 90퍼센트 「갈매기」. 이랬다고. 이럴 수 있는 거야? 체호프와 헤럴드 핀터가 대체 무슨 상관이니? 거기서 이오네스코로 점프해버리는 인간의 머릿속에는 도무지 뭐가 든 거야? 그리하여 결론은 셰익스피어야? 셰익스피어는 그중에서도 제일 이상한 사람이잖아. 관객들은 배우들의 머리를 무거운 것으로 내리치는 것을 반복하고 그걸 보는 나는 반복을 멈춘다. 나는 남자를 때리려던 손을 멈춰 멈춘 채로 손을 든 채로 가만히 있는다. 정지된 동작으로 가만히. 나한테는 이 공연 「겨울이야기」랬지. 그래놓고 무대의 배우들은 대사는 연기는 「겨울이야기」라고 할 만한 것은 한 번도 하나도 하지 않았잖아. 안 했잖아. 뭐 하자는 거야 정말. 그러거나 말거나 극장에서 벌어지는 모든 일은 조명 오퍼레이터와 음향 오퍼레이터가 벌이는 짓거리를 포함하여 몹시 셰익스피어적이라 셰익스피어를 하지 않지만 셰익스피어를 하고 있다고 그렇게 말할 수 있는데 누군가의, 그 누군가가 연출이라면 이게 연출의 의도야? 셰익스피어를 하지 않는데 셰익스피어를 누구보다도 하는 그런 식으로 셰익스피어를 하는 것 말이야.

무대 위의 관객들은, 무대 위의 관객이라니 웃기는 말이네, 그러나 무대 위의 관객들은 그중 누군가는 떨고 누군가는 떨지 않지만 어쨌거나 모두 이미 뭉개져버린 세 명의 배우들을 묶었다. 줄로 묶인 배우들을 끌고 무대 뒤로 사라졌다가 곧 다시 나타나 차례차례 자신의 원래 자리로 돌아갔다. 돌아가 앉았다. 나는 멈춰 있던 손을 내려 남자의 어깨를 문질렀다. 남자는 손으로 바닥을 짚어 상반신을 일으켜 내 어깨를 안고 나는 고개를 돌려 남자의 입술에 내 입술을 갖다 댄다. 남자는 내 입술을 빨다 침을 삼키고 묻는다. 이런 게 연극이야? 연극은 대체 뭐야?

손가락으로 남자의 입술을 두드렸다. 마치 대답하는 것처럼. 무릎으로 남자의 성기를 문지르고 문지를수록 남자는 힘을 주어 나를 안고 나는 남자의 목을 감싸고 그러다 머리를 힘을 주어 안고 잠시만이라고 내뱉고 테이블을 짚고 일어나 무대를 본다.

간신히 테이블을 짚은 채 본 무대는 이렇다. 방금 전 제자리로 돌아간 관객 중 하나가 옆에 앉은 다른 관객을 끌고 무대 위로 올라간다. 무대 위로 올라가 다른 관객을 들어 바닥에 내던진다. 셔츠에 피가 묻은 관객은 아까 흰 옷 입은 여배우를 내리치던 사람 내리치던 것을 반복하던 사람 이제는 옆에 앉아 있던 사람을 끌고 와 바닥에 내던지는 사람. 다시 들고 던지고 다시 들었다가 던진다. 나는 뼈와 테이블이 자꾸 부딪쳐 조금 아프다는 생각이 들지만 조금 아프다는 생각만 간신히 할 수 있었고 실제로 눈앞에서 무슨 일이 벌어지는 거야 그 외에는 아무 생각도 들지 않았다. 할 수 없었다. 그렇게 멍하게 움직이고 있는데 무대 위의 사람은 나보다 확실하게 움직이고 있고 그것만은 분명해 보였다. 어떻게 확실히 움직이냐면 던지고 또 던지고 상대가 비명을 지르건 머리에서 피가 나건 아랑곳하지 않고 같은 속도로 던지고 또 던지고 그런 식의 확실함이었다. 그사이 무대 상수에서 푸른 옷을 입은 배우가 걸어 나와 한가운데에 섰다. 무대 위 사람들의 움직임은 배우나 관객이나 모두 나보다 확실했다. 무대 위에 있기 때문인가 다들 나는 지금 내가 뭘 하고 있는지 알고 있어 말하고 있는 움직임이었다. 배우가 입고 있는 푸른 옷은 맨 처음 등장한 배우가 입고 있던 숄 같은 게 아니고 청록색의 평범한 티셔츠였다. 나는 남자에게 저게 푸른 옷일까? 저 사람이 첫번째 푸른 옷의 배우일까? 저런 사람이 두 명 더 나오고 거기다 울기까지 해야 음악이 바뀌는 것일까? 그러고도 한참을 기다려 다음 음악이 바뀌어야 이 무어라 해야 할까 연극이라고 해야 하나 이게 끝나는 걸까?

푸른 티셔츠의 배우는 관객들을 향해 동네 소개를 하기 시작하는데 여기가 한길이고 기차역은 저 뒤쪽이고 철길은 저쪽으로 뻗어 있다고 말한다. 왼쪽을 향해 저쪽에는 조합교회가 있다고 장로교회는 그 건너이고…… 말한다. 계속 동네 소개를 한다. 무대 하수에서는 관객이 관객을 내던지고 있으며 자꾸 관객 관객이라고 말을 해도 무대 위에 올라간 이상 온전한 관객이라고 말하기 힘든데 그래도 편의상 계속 관객이라고 하자면 관객은 배우를, 배우는 관객을 없는 사람 취급하며 전혀 신경 쓰지 않고 각자의 할 일을 했다 하기만 했다. 푸른 티셔츠의 동네 소개는 교회를 지나 읍사무소, 읍사무소 다음에는 학교였다. 관객은 누워 있는 관객의 옷을 벗겨 팔을 묶고 묶인 관객은 발버둥을 치는데 객석에서는 또 다른 관객이 올라와 예의 그 트로피 같은 물체로 누워 있는 관객의 머리를 친다. 아무것도 없던 무대에는 피가 있다. 아주 많은 피가.

푸른 티셔츠의 배우는 퇴장한다. 무사히 퇴장한 첫번째 배우, 우리에게는 무사한 사람이 있어야 해 왜인지 알 수 없지만 누군가는 무사해야 해 생각하며 남자의 어깨를 잡고 있는 손에 힘을 주었다. 또 다른 관객이 그래 관객은 너무 많지 객석에 빽빽하게 들어앉아 있다고 셰익스피어의 「겨울이야기」가 뭐라고 아니 이제 그런 건 상관없어졌고 어쨌거나 너무 많은 관객 공연에 비해 너무 많은 관객 중 한 명이 무대를 가로질러 뛰어가더니 좀 전의 유일하게 무사했던 배우를 끌고 온다. 푸른색 티셔츠의 배우는 이제 무사하지 않게 되었다. 바닥에는 피 점점 더 많아지는 피 이제 묶인 사람은 움직이지 않는다. 관객은 배우의 머리를 내리치며 남자 배우를 죽이고 여자 배우를 살해하고 관객은 관객을 밀치고 바닥에 집어 던지고 팔을 묶고 머리를 내리치며 관객은 관객을 죽인다. 나는 우리에게 예정되어 있던 것을 떠올렸다. 붉은 옷의 일곱번째 배우의 등장과 푸른 옷의 세번째 배우의 울음 간신히 기억해냈지만 그것은 영영 일어나지 않을 일처럼 여겨졌다.

한숨을 쉬고 이마의 땀을 닦고 조명 콘솔 앞에 섰다. 현재 조명 넘버는 2 마지막 넘버는 고작 14. 나는 조명 넘버가 100이 넘어가는 공연도 실수 없이 잘했었는데 반짝이고 있는 'GO' 버튼을 눌렀다. 무대와 상관없이 눌렀다. 무대도 이미 대본과 상관없어졌으니 끝까지 가도 문제없겠지. 3번 4번 5번 바뀌는 조명들을 감상했는데 3번은 무대 가운데로 떨어지는 조명 4번은 상수만 비추는 조명 5번은 20초가 넘는 긴 조명이었다. 이미 뭉개져 얼굴이 사라져버린 관객 위로 긴 조명이 서서히 밝아지는 환한 조명이 비춰졌다. 끌려 나온 푸른색 티셔츠의 배우는 나는 스스로 움직일 거야 그런 의지로 한 걸음 한 걸음 무대 가운데로 향하는데 (이제 무슨 일이 벌어질지 모두 알고 있지?) 뒤에서 관객이 후려친 트로피 때문에 무릎을 꿇고 머리를 떨군다. 이제 누가 무사할 수 있어? 아직 등장하지 않은 배우 영영 등장하지 않을 배우 그들만이 무사할 것이다 안전할 것이다. 나는 다시 GO 버튼을 누르고 남자는 할 수 없지 하는 표정으로 다음 음악을 튼다. 오르간 미사곡이 흐르고 무대는 어쩐지 장엄해 보인다. 이어지는 조명들은 개연성이 없고 그것은 전혀 새삼스럽지 않다. 8, 9, 10 이제 조명은 11번이었고 미사곡이 끝나면 남자는 다음 음악을 틀겠지.

그런데 말이야 조명이 끝난다고 음악이 끝난다고 연극이 끝날 수 있을까. 이건 고작 오퍼레이터의 의지잖아. 조명을 다 넘겨버려서 공연을 끝내버리겠다는 거. 주제 파악이 안 되는 의지. 모든 조명을 다 넘겨버려도 배우는 암전 속에서 대사를 할지도 몰라 상대 배우가 그 연기에 반응해줄지도 모르지 제대로 된 배우라면 말이야. 그렇다면 관객은 감동을, 기다렸다는 듯이 감동을 하겠지. 참고 기다리다 기립 박수를 칠지도 모르는 거야. 객석의 관객 넷은 다시 무대 위로 올라가더니 무대를 가로질러 무대 뒤로 향한다. 이들은 아마 아직까지는 무사한 배우들을 무대 위로 끌어낼 생각인가 봐. 남아 있는 관객들은 아직 많은데 이들은 아직도 꼿꼿하게 어떻게 저렇게 꼿꼿한 거야 싶게 허리를 세우고 앉아 있는데 남아 있는 배우들은 몇이나 될까. 객석에 앉아 있을 때 관객들의 등은 엄격하고 딱딱하고 굳고 커다랗고 무서워. 하지만 무대 위로 올라가면 모두 뻔하겠지. 왜소하고 불안하다. 아주 평범하다. 나는 다시 GO 버튼을 누르고 12번은 커튼콜 조명이네 13번은 암전이며 그렇다면 14번은 관객퇴장 조명이겠지. 제대로 만든 게 하나도 없으면서 그 와중에 커튼콜 조명은 입력시켜놓다니 조명 디자이너는 대체 누굴까 무섭다 무섭다 정말 무섭다. 남자는 마지막 음악을 틀고 관객들은 배우들을 질질 끌고 나온다.

공연 전 무대감독이 주고 간 박카스를 다 마시고 빈 병은 쓰레기통에 버리고 박카스는 끝났어. 조명은 끝났어. 음악도 끝났어. 그럼 공연도 끝난 거야? 알 수 없지만 자신이 끝낼 수 있는 것을 끝내는 수밖에, 그러므로 조명을 끝내버렸다. 남자는 음향을 끝내버렸다. 나는 아직도 정말로 이상하다고 생각하는데 대체 어째서 셰익스피어의 「겨울이야기」였던 거야? 체호프의 「갈매기」를 고르는 사람과 헤럴드 핀터의 「배신」을 고르는 사람과 이오네스코의 「왕은 죽어가다」를 고르는 사람과 셰익스피어를 그중에서도 「겨울이야기」를 고르는 사람은 상당히 다른 사람이라고 생각해. 누가 모든 것을 차례차례 바꾸고 거절하고 넘기고 반대하고 마지막으로 찬성했을까? 혹은 강요하고 수긍하라고 다그치고 이걸 하라고 시켰을까? 극장 안의 누구도 셰익스피어의 연극을 하고 있지 않지만 몹시 셰익스피어적인 것을 각자 하고 있으며 그러니까 우리 모두는 셰익스피어를 하지 않음으로써 가장 셰익스피어를 하고 있었는데. 그러고 보면 셰익스피어의 「겨울이야기」에서는 마지막에 동상이 깨어나 사람이 되지. 아니 동상이 동상인 척하지만 원래부터 동상이 아니었었나. 어느 쪽이든 너무 너무한 이야기지? 이 사람들은 이보다 더 너무한 것을 하고 있는데 그것을 멈추지 않고 계속하려는 것인가 봐. 어쩐지 가장 너무한 것을 해야 이 모든 연극을 연극이라고 할 수 있다면 연극을 끝낼 수 있을 것 같은데 그게 뭘까? 아무리 생각해도 알 수 없었는데

그렇게, 무서워하는 나는 현실로. 끝내고 말하고 던지고 웃는 나도 생생하게 이곳에서 흐르고 가득 차고 움직이고 있었다. 몇 가지 방법을 생각했는데 말이야. 첫번째는 이렇게 하는 거고 두번째는 무대로 달려가는 것이고 세번째는 반대로 달려가는 것이고 네번째와 다섯번째는 그리고……

머리가 복잡한 가운데 어느 순간부터 각각이 선명해지고 일단 나는 설명을 해야겠다고 생각했다. 있잖아. 울 것 같은 남자애의 등을 두드리고 그러자 왠지 너도 말을 할 것이라고 너도 첫번째와 두번째를 설명할 것이라는 당연한 생각이 들었다.

이제 말을 해야지.

나는 남자애의 어깨를 붙들고 말하기 시작했다. 우리가 할 일에 관해.

* 반복되는 문구는 중국현대미술 작가 구더신의 「2009-05-02」를 한국어로 옮긴 것으로, 그는 이 작품을 마지막으로 미술계를 떠났다. 해당 번역문은 제8회 광주비엔날레 '만인보' 전시 해설서에서 가져왔다.

주사위 주사위 주사위

광주 아시아문화전당은 공사 중이었다. 하지만 그렇게 말해도 되는 건가. 세종문화회관은 이미 있는 건물이므로 공사 중일 수 있지만 아시아문화전당은 아직 세워지지 않았고 그것을 짓기 위해 공사를 하고 있으므로 건설 중이라고 해야 하는 거 아닌가. 아니 공사 중이라고 해도 되는 것이겠지. 아무 상관도 없을 것이다. 게다가 건설 중이라는 그 말은 공사 중이라는 말처럼 입에 잘 붙지 않았다. 공사 중인 곳을 가리기 위해 금속판이 서 있었고 가까이서 보면 금속판 너머로 간이 화장실이 보였다. 간이 화장실 근처에는 황토색의 흙더미와 철근 같은 것이 있었다. 거기는 다른 것도 아닌 문화전당이라고 하니 아파트나 병원 공사장이 아니니까 뭔가 그럴듯한 그림이 그려져 있었고 아시아문화전당을 영어로 부르는 이름이 씌어져 있었다. 나는 1년 내내 이곳에서 사는 사람이 아니니까 이런 것을 이렇다 저렇다 말해도 되는 건지 모르겠지만 시내 한복판의 거대한 공사장은 몇 년을 지속하고 있는 이 공사는 얼마나 사람을 지치게 하고 갉아먹는가. 내가 매일 시내로 와 영어학원을 도서관을 회사를 다닌다면 하루에 아주 조금씩 어떨 때는 아주 많이 갉아먹히고 있다는 것을 분명히 느낄 것이다. 분통이 터지겠지만 어디다 말할 수 없고 공사장은 우리를 돌아가게 하고 버스 정류장 위치를 바꾸고 공사를 한다는 것은 무언가를 새로 만든다고 하지만 어쩐지 부수는 것 같은 모든 공사장은 우리를 좌절시킨다. 누군가를 끊임없이 괴롭히고 갉아먹어야 무언가 올라가고 세워진다는 것이 새삼 굉장한 사실처럼 느껴지고…… 우리에게 아무 극장도 미술관도 없다면 광복을 맞아서 전쟁이 끝나서 아니면 정말로 아무것도 없어서 이제 극장 같은 것을 지어보자고 허허벌판에 그럴 때 그럴 때 그때 사는 나 같은 사람은 이런 생각조차 하지 않고 떨리는 마음으로 올라가는 것들을 바라보며 어서 새로운 것이 생기기를 마음속 깊이 기도하게 될까 생각해보았지만 그런 가정 같은 것에는 도무지 이입이 되지 않는다. 그런 가정 앞에서 어떻게 해야 할지를 모르겠다.

추석이라고 광주에 오지만 하는 일은 없고 종일 시내나 돌아다닌다. 햇살은 아주 넓게 퍼져 있었다. 눈이 부시는 가을의 별. 걷고 걸어 공사장을 지나고 공사장을 등 뒤에 두고 공사장을 밀어내도 거대한 공사장은 다른 방식으로 자신이 하는 것을 드러내고 있었다. 그렇게 걷다 문득 이전에 읽었던 연극의 내용이 생각이 났는데 한 일본 극단의 연극이었고 나는 그것을 실제로 본 적은 없었고 책에서 이런 것이 있다고 읽기만 했다. 그런 것을 좋아했는데 듣지 않을 '명음반 100선' 같은 것을 아주 꼼꼼히 읽으며 어떤 음악일까 상상해보고 그래도 그것은 마음을 먹는다면 찾아 들을 수 있지만 자료를 구하기도 힘들고 구해서 본다고 해도 현장의 생생함은 많이 사라졌을 공연 관련 책을 읽는 것을 그럼에도 비슷하게 좋아한다. 아무튼 그중에서 그 연극이 계속 기억나는 것은 내용 자체가 인상적이었기 때문일 것이다. 내용을 기억나는 대로 말해보면 조선인 위안부가 어떻게 가능했는지는 모르겠지만 아이를 낳는다. 당연히 아이를 기를 수가 없어 할 수 없이 그 아이를 변소에 버린다. 아이를 변소에 버린 후 거의 미쳐버린 여자는 도망쳐 산에서 산다. 하지만 아이를 다시 찾으러 그 변소로 되돌아가는데 그사이 그 아이는 천황의 변소를 짓던 조선인 강제징용 노동자가 구해서 기르고 있다. 아이와 남자는 천황의 흉내를 내고 있었는데 아이를 찾으러 간 여자는 똥 범벅을 하고 있는 남자를 천황이라 착각하고 아이를 돌려달라고 울고 남자는 천황인 체하고 뭐 그런 내용이었다. 조선인 남자가 천황인 체하고 조선인 여자는 천황 앞에 아이를 돌려달라고 울부짖는다. 왜인지 광주 아시아문화전당 공사장 간이 화장실을 보며 이 연극 줄거리가 떠올랐다. 간이 화장실 뒤편에는 일부가 부서진 그렇지만 아직 남아 있는 아직 완전히는 부서지지 않은 어쩌면 영영 부서지지 않을지 모를 구도청이 있다. 구도청의 일부가 눈에 보였다. 창문은 금이 가고 부서져 있었다. 여기다 어떤 여자가 애를 버릴 거라고 생각이 들지는 않지만 우리는 천황이 없고 천황이 없는 대신 다른 무언가가 있나? 그 다른 무언가는 우리와 구별되는 아주 다른 말을 쓰나. 그건 아니어서 우리는 박정희의 흉내를 낼 수 없고 아니 아무리 어디서나 박정희가 우리에게 영향을 미치는 것 같아도 그 사람이 천황 같지는 않고 그건 박정희가 아니라고 해도 다른 누구를 들이밀어도 그 사람의 말투나 잠깐 흉내 낼 텐데 그건 우리들과 별로 다를 것도 없는 아주 평범한 말투일 것이다. 우리의 말투가 우리를 구분 지을 정도로 다르지도 못한다.

지난 주말에는 다 같이 모여 술을 마셨다. 우리는 웃고 떠들다 게임을 만들자는 데 의견이 모였다. 우리가 생각한 것은 주사위가 있고 말이 있고 판이 있고 굳이 말하면 부루마블 같은 게임이었다. 부루마블과 완전히 같게 할 수는 없고 그와 비슷한 것으로 하되 유명한 보드게임의 룰 몇 가지를 바꾸고 합해서 만드는 것이 좋겠다는 이야기를 했다. 그 놀이의 중요한 점은 우리는 돈을 건다는 것이고 그렇게 건 돈을 이기는 한 사람이 모두 가지기로 했다. 이기는 사람은 만화처럼 손을 위로 올리고 같은 팀 사람과 껴안고 팔짝팔짝 뛰어야 한다. 진 사람들은 그렇다고 시무룩하고 슬퍼하고 울고 억울해하면 안 된다. 우리는 그러기로 했다. 혼자 온 사람은 한 명이 팀이 되고 두 명이 온 사람은 둘이 한 팀이 되어 서로 조금씩은 의논할 수 있지만 게임은 한 명이 한다. 두 명 이상이 온 사람은 없었다. 우리 모두는 그래 이런 게임이 재미있었지 주사위는 문방구에서 종이를 사서 잘라 만들면 되나 그런 이야기들을 했지만 언제나처럼 말만 많이 하고 어떤 게임을 만들까 하는 것은 웃고 떠들다 보니 곧 흐지부지되었다. 고깃집에서 고기를 먹다가 배가 부른 우리들은 된장찌개를 앞에 두고 최근에 재미있었던 영화 이야기를 하고 음악 이야기를 하고 그러다 이야기는 곧 얼마 전 발표가 난 공모 이야기로 옮겨진다. 영화감독은 공모 지원에서 떨어졌고 잡지를 만드는 예술 단체는 지원금을 받게 되었고 무용수 하나는 자신의 이름을 딴 무용단이 공모에 되었다고 말했고 그의 친구인 연극배우는 관계된 두 개의 극단 중 하나는 되었고 하나는 되지 않았다고 한다. 나와 동료는 가장 많은 금액의 기금을 받을 수 있게 되었고 그것은 우리의 돈이 아니고 우리가 할 일에 들어갈 돈이지만 우리는 모두의 부러움을 잠시지만 사고. 지원서 어떻게 쓰면 되는 거야? 이렇게 하면 되는 거야? 장난처럼 그런 질문들을 받고 우리와 함께 일할 또 다른 영화감독과 음악가는, 자자 그럼 우리 모두 게임을 만들어 이기는 사람이 다 가져가는 거야 이 사람들이 가져갈지 몰라도 다 몰아주는 거야, 웃으며 말하고 그거 좋네 그래 가지구 그거 받은 사람은 이 돈 받고 뭐 어떻게 되는 거야, 내년부터 어디서도 당분간은 얼굴 보기 힘들어지는 거 아냐, 우리는 불만 없이 돈을 내놓을 거야, 모두 그렇게 웃으며 말하고 그렇지만 고기는 한번 사야지, 우리는 게임을 해서 올해의 예술지원기금을 몰아주기로 하지만 그런 생각은 잠시라도 아주 신이 나지만 금방 다른 이야기를 하며 흐지부지해진다.

어떤 사람들을 생각하면서 살아가는 것이 좋을지 모르겠지만 애를 찾으러 가는 여자는 누구보다 힘이 셀 것이고 똥 범벅이 된 강제징용 노동자는 아이에게 천황의 말을 가르쳐주며 천황인 것처럼 말을 한다. 공사장의 간이 화장실은 이전의 다른 곳에서도 종종 보았지만 왜 이번에야 새삼스럽게 보여 그 연극을 떠올리게 된 것일까. 공사장의 간이 화장실은 한밤중이 되면 누가 무얼 버려도 모를 것이다. 이미 누가 버려져 있어도 이상하지 않을 것이지만 그 누군가 있다는 것을 대부분은 모를 것이다. 그 사람들이 말을 걸어도 그 봉투 씨앗 유리병들이 부딪치며 소리를 내어도 전혀 알아차릴 수 없을 것이다. 광주 아시아문화전당 건립을 위해서는 5·18 당시의 역사가 남은 구도청을 철거해야 했으므로 그를 둘러싸고 이런 저런 이야기들이 많았는데 나는 그해 5월 마지막까지 도청에 남아 있던 사람들이 구도청 앞에서 철거반대 시위를 하던 것을 기억한다. 그들은 몇십 일을 구도청 앞에서 시위를 했다. 한 인터뷰에서 그들 중 한 명은 당시 마지막까지 남아 누구보다 열심히 싸웠지만 도무지 행방을 알 수 없는 거지 고아 들 거리의 사람들, 학생이 아니고 직업도 이름도 없는 사람들 이야기를 하였다. 나는 시위를 하는 사람들의 의견에 공감했는데 그들을 깊이 이해했다기보다는 지금 극장이 문화회관이 전시장이 새로 크게 생기는 것으로 갑자기 무언가를 좋게 하리라는 기대가 없었기 때문이다. 그럴 수 없다는 것이 아니라 왜인지 나에게는 그런 기대가 없었다.

어쨌거나 공사는 시작되었고 그즈음 이야기로 내가 기억하는 것은 공사 때문에 지하도의 출입구가 변경되어 지하상가의 상인들이 몇 달 동안 장사가 되지 않아 전기도 끊겼다고 하는 것이었다. 이전까지 나는 지하도의 출입구가 바뀐다고 막는다고 지하상가가 장사가 안 될지 몰라 하는 식의 가정은 생각조차 안 하고 있었다. 그런 것을 정말로 생각해본 적도 없었던 것이다. 그 이후 찾은 지하상가는 원래 이곳에 가게들이 많았다는 것이 믿기지 않게 한산했고 이전에는 나지 않던 짙은 지하실 냄새가 풍겼다.

길을 걸을 때 자기가 어떤 사람인가 어떻게 보이는 사람인가를 신경 쓸 때가 있었는데 요즘은 그런 생각을 거의 하지 않는다. 햇볕이 따뜻하다고 생각했다. 공사장의 어떤 면은 그림자 안이었고 그 밖은 햇살로 환했다. 우리와 함께 일하기로 한 음악가는 이제 어디서도 돈을 주지 않을 거야 어디서도 공모를 하지 않을 거야 마지막이거나 마지막의 전해 전전해 정도로 생각해 말하고. 나와 동료는 아주 잠시 그러면 어떻게 하는 것이 좋을까 생각했지만 다시 웃으며 된장찌개와 오이를 번갈아 먹는다. 정말로 마지막 해라면 도무지 어디서도 우리에게 돈을 줄 것 같지 않으면 무슨 게임이라도 정말 해봐도 되겠네, 돈을 받은 사람은 어딘가로 잠적하여 하루에 카드의 모든 돈을 긁어버리고 모두와 연락을 끊습니다. 그 사람은 원래 올해 한 편의 협업 작업과 강의 프로젝트를 진행하기로 했었는데요. 시간이 지나고 5년 후쯤 그는 우연히 이전에 같이 일했던 사람을 만나게 되고 상대는 그에게 그때 그 돈으로 무얼 하셨어요 묻고 그는 글쎄 마음먹으면 금세 없어지는 돈이어서 무얼 했다고 할 만한 것도 없었고 잘 먹기는 했지 말했다. 그는 그러면 무얼 하며 살게 될까. 그런 식으로 우리는 우리의 게임의 승자의 미래에 대해 생각했다. 그게 잘살 것 같지는 않지만 그렇다고 엄청나게 비참할 것 같지도 않았다. 우리는 몇 명 국가지원금을 떼어먹은 사람들을 알고 있다. 모두들 그런 사람들을 한 명쯤은 알고 있다. 그런 사람들 대부분은 그냥 지원금 사업을 하지 않고 이전과 조금 힘들지만 비슷하게 살거나 아니면 약간 걸치고 있는 발을 다른 곳으로 옮겨서 얼굴을 볼 일이 없거나 하는 정도였다. 동시에 지원금을 잘 받는 사람들도 알고 있는데 그들은 실제로 볼 일이 없어 어떤 사람들인지 알 수가 없다. 돈은 너무나 없고 어딘가에서 받은 돈을 손에 없는 돈을 전용 계좌에 숫자로 있는 돈을 연필로 그린 게임판에 놓고 그래그래 앞으로도 없을 돈이니 이긴 너가 가지렴 하는 생각은 재밌기는 했다. 그 게임은 왠지 끝이 날 것 같지 않고 다들 웃으며 주사위만 굴릴 것 같은데 날이 새고 다들 잠이 들었다 깨고 다시 주사위를 굴리며 김밥 같은 것을 먹고 그렇게 며칠을 보내면 모두의 핸드폰에 기금 지급이 불가하게 되었다는 문자가 와 있을 것 같고 우리는 모두 힘이 빠졌지만 힘이 빠졌으므로 지치지도 않고 웃을 것이다. 힘이 빠진 상태로 누워서 배만 움직이며 웃을 것이다. 허예진 입가에 작은 침방울이 부풀었다 꺼지며.

그런 술자리를 보내고 기차를 타고 광주로 왔는데 광주 시내는 명절이라서인지 한적하고 공사는 내 기억 속 최근 몇 년간 공사 중인 그곳은 여전히 공사 중이고 아주 어릴 때 여름에 이곳에 서면 멀리서부터 분수의 물방울이 팔에 닿았다. 분수를 보면 물방울 너머 흰 건물이 말끔한 모습으로 오래되었지만 입을 만한 흰 셔츠처럼 서 있었다. 구도청의 깨진 창은 요즘의 창보다 얇아 보이는데 유리라는 것도 발전을 하는지 종잇장처럼 얇아 깨지는 것이 당연해 보이는 오래된 창을 바라보며 온갖 그럴듯한 것들이 이곳에서 벌어지겠지요 그 전까지 밤의 화장실에 밤의 간이 화장실에 누가 무얼 버리러 올지는 모르겠지만. 하지만 우리가 누구의 흉내를 낸다고 누구의 흉내를 내서 누구를 놀랠 수 있을까 우리에겐 천황이라는 것이 없고 우리는 도무지 조선인조차 될 수가 없고 조선인 그 비슷한 것도 될 수 없다. 그래도 완성된 건물이 모습을 드러내면 사람들을 조금은 놀래기는 할 것이다. 나는 나와 동료는 엊그제의 사람들은 그러면 이런 것을 할 것이라고 지원서를 그곳에 쓸 것이다. 하지만 그런 미래는 왜인지 올 것 같지 않고 공사 중인 그것은 천천히천천히 공사하는 방법으로 영원히는 아니고 영영은 아니고 꽤 오랫동안 공사 중일 것만 같았다. 왜냐면 이미 오래 공사 중이기 때문이다. 왠지 거기서 뭔가 발굴될 것 같고 그것을 찾으러 온갖 여자와 귀신 들이 밤중에 조용히 들를 것이다. 들른 사람들은 모두는 싸우지도 뺏으려 하지도 않고 그냥 그 위를 돌아다닐 것이다. 무게가 없는 것처럼 그곳을 걸어 다닐 것이다. 나는 그런 것만을 생각할 수밖에 없다. 현미경 유리처럼 얇은 유리창을 보면 한참을 걸어도 보이는 공사장을 보면 말이다. 어렵게 완성된 모든 극장에 미술관에 문화 공간에 공연장에 어떤 것이 올라가야 된다고 이런 것은 올려야 된다고 걸어야 된다고 글쎄요 나는 그런 것은 모르고 아마 저는 어떻게든 뭐라고 작품의 기획의도 배경 같은 것을 꾸역꾸역 할 수 있는데 5월의 역사를 가진 이곳에 세워진 아시아문화전당에……

그렇게 광주 아시아문화전당 같은 말은 인터넷 화면에 한 글창 같은 것에는 어울리는 말이었지만 그것이 연필로 종이에 매직펜으로 전지에 페인트칠로 어울리나 어울리지 않는다고 생각하지만 몇 년 전에는 그런 것이 실제로 구도청 주변을 뒤덮었고. 그 앞에는 얌전히 세련되게 디자인되어 프린트된 말로 역사적 건물을 새롭게 바꾸어 성공한 예가 전시되어 있었다. 그 잘 만들어진 말은 누가 쓴 것인가 하면 광주 아시아문화전당 측이라고 해야겠지만 그 측이라는 게 뭔가 하면 왜인지 그런 것을 다듬고 편집한 사람들은 모든 문화예술공간이 그렇듯 진작 관두고 다른 어딘가에 계실 것 같은데 그 프린트된 말은 독일의 무슨무슨 유대인 수용소인지 2차 대전 유물인지를 극장으로 바꾼 사례를 설명하고 있었고 일순 설득이 되다가도 아니 한국은 독일이 아닌데요 별로 독일이 되려고 하지도 않는데, 어쨌거나 광주 아시아문화전당이라는 말은 손으로 쓰는 말에는 어울리지 않는다는 생각만을 계속했는데 그 말이 그냥 어딘가에서 둥둥 떠다니다 사라져버릴 것 같아서인가 했다. 문화라는 것은 전당이라는 것은 모르겠지만 광주는 아시아는 손으로 쓸 수 있었다.

그런 식으로 나는 공사장 주변을 걸으며 손으로 쓸 수 있는 말 같은 것을 생각했다. 책에 나오기 좋은 이름 같은 것을 생각했다. 노태우와 전두환과 김대중과 김영삼은 책에 실려도 연필로 매직펜으로 써도 어색하지 않은 이름들이었고 김대중과 전두환은 인터넷 기사에서 보아도 자연스러운 이름이었다. 그 둘은 심지어 깨문 손가락의 피로 보아도 먹물 묻힌 붓으로 보아도 낯익은 이름들이었다. 『죽음을 넘어 시대의 어둠을 넘어』 같은 책에는 〈전두환 살인마〉 〈김대중을 석방하라〉 같은 문구가 적힌 피켓이 자주 등장했다. 그런 책에서의 미국이라는 말은 페인트나 붓으로 쓰기 더없이 좋은 말이었다. 이명박은 절대적으로 컴퓨터 화면에서 익숙한 이름이었고 박근혜는 왠지 어디에 올려놓아도 실제로 이런 이름은 본 것 같지 않은 어디서도 조금은 어색한 이름이었다. 나는 몇 년째 잊을 만하면 도라지라고 무의식중에 내뱉는데 도무지 그 이유를 알 수가 없고 내가 입에 올리는 도라지는 도라지 나물이 아니라 피우는 담배 같은데 실제로 나는 그 담배를 본 적조차 없고 이제 그런 담배를 파는 곳은 없으니 앞으로도 볼 수가 없다. 도라지를 내뱉고 가끔은 신 귤 하고 어째서 단 귤이 아니고 신 귤인지 모르겠지만 신 귤 하고 말하고 어떤 것이 애매미인지 참매미인지 모르지만 애매미! 애매미! 애매미! 하고 누군가의 귀에 소리를 지른다. 우리의 모든 말들은 줄 위에서 오르락내리락하며 어떤 색과 냄새를 가질 수 있을 것이다. 어디에 나의 이름이 말이 실렸느냐 하면 너의 말과 표현은 어디에 나타났는가 하면 그러므로 너는 이 번호를 가진 색과 냄새를 가질 것이지만 이는 곧 바뀔 것이다.

조선인 징용노동자가 천황 역을 하는 그 연극은 대체로 '바람의 여단'이라 불렸던 극단의 단원들이 했다. '바람의 여단'은 1982년 창설되었다. 1980년 광주, 그때 바람의 여단 단원들은 광주에 있었다. 그들은 광주를 체험하고 일본으로 돌아갔다. 그리고 이웃 나라에서 '역사화되지 않은 역사'를 자국에서 실현하고자 텐트를 짊어지고 전국으로 공연을 다녔다.

바람의 여단의 첫 작품은 간토 지진 시기에 살해당해 아라카와를 가득 메우고 있는 조선인의 뼈를 파내는 것이었다. 극단은 강가에 텐트를 세우고 뼈를 파내려 했고, 수백 명의 경찰기동대는 그들이 강가로 들어가지 못하도록 막았다. 대치 상황은 일주일간 계속되었다.

또한 「수정의 밤」이라는 작품에서 주인공은 조선인 종군위안부였다. 그는 위안소에서 아이를 낳지만 기를 수 없어 변소에 버린다. 그러고는 정신이 나가 위안소에서 쫓겨나 산속 동굴에서 살아간다. 한편 강제징용당해 천황의 어소를 짓던 조선인 노동자는 탈출해 변기 속으로 숨어든다. 거기서 갓난아이와 만나 천황 흉내를 내는 놀이를 한다. 그러다가 아이를 버린 어머니가 똥으로 범벅이 된 조선인 노동자를 만난다. 어머니는 그 노동자를 천황이라고 착각해 "갓난아이를 돌려주세요"라고 직소한다. 노동자는 천황의 말버릇을 흉내 내며 대꾸한다.*

그래도 하고 싶은 것이 없지는 않은데 마음속으로 그런 것을 헤아려보다가 술자리에서 억지로 눈을 크게 뜨며 고개를 끄덕이고 있는 동료의 얼굴을 보는데 이 사람도 하고 싶은 것은 속으로 이야기해보다 말지도 모른다고 생각했고 하지만 모두가 집으로 돌아갈 때 우리도 집으로 돌아갈 때 이런저런 이야기를 할 수도 있을 거라고 생각했다. 무엇인가 내년의 계획들 우리가 숫자로 손에 넣은, 넣었다고 우선 믿어보는 돈으로 할 수 있는 것들. 좀더 하고 싶은 방향으로 가져가보는 계획과 과정 들을 생각하다 왜인지 정말 누군가의 농담처럼 정말로 언젠가는 이 숫자들도 사라지고 아무것도 없고 이미 줄어들고 얇아지고 쪼그라든 지금을 먼 미래는 부러워하고 아쉬워할지도 모른다는 생각도 들었다. 그러면 이 밤은 우울해하지 말고 밤을 밝히는 흔들거리는 불빛 같은 것이 되어 주머니에 손을 넣고 웃으며 걸어야 하는 것 아닌가. 정말로 게임을 해도 좋을 것이며 왜 그 놀이가 시작되었는지 잊어도 좋을 정도로 계속 주사위를 돌리고 돌리고 말을 옮기고 옮겨서 마치 아름다운 도시 대한민국의 수도 서울로 가기 위한 것처럼 움직여야 할 것 같은 생각이 들었다. 거기에 누가 어떤 음악을 틀어줄지는 아주 그럴싸한 음악이 있어야 그 이상한 즐거움을 흥겨움을 보여줄 수 있을 것이다. 이런 것이 내가 하고 싶은 것이라 할 수는 없었지만 그보다 재미있어 보이는 것이 생각나지 않아 나는 우리가 주사위를 굴리고 말을 옮길 때 우리가 새벽을 뛰어다닐 때 틀 음악을 생각했다. 우리가 마치 어디를 가려는 듯이 끊임없이 주사위를 굴리며 긴장된 얼굴을 할 때 말이다.

생각해보면 아시아문화전당의 정식 명칭은 국립아시아문화전당이며 어쩐지 국립이라는 말이 가장 어울리면서 어울리지 않는 곳은 국립묘지가 아닌가. 여자와 귀신 들이 꼭 국립묘지에만 있지는 않을 것이다. 살아 있는 여자들이라도 깨진 유리창 앞을 둥둥 떠다닐 수 있을 것이다. 남자들은 모르겠다. 살아 있는 남자들은 어디 있을지 모르겠다. 그 사람들이 어디에 있는 것인지 잘 모르겠지만 여자와 귀신 들은 깨진 유리창 앞에 모여 누구를 부르고 뭐를 찾으려 하고 아니면 입을 다물고 눈을 뜨고 걸을 것이다. 누구는 둥둥 떠다니고 둥둥 떠다니다 걷고 걷다 어느새 가벼워진 몸은 떠오르고.

길을 걷다 그런 것을 보았는데 차가 몇 대 지나가고 가게 안이나 건물 안에는 사람들이 있겠지만 맞은편 거리에도 아무도 없고 내가 가는 길에도 보이는 사람은 없다. 시내 근방인데도 사람이 별로 없었고 하지만 이전에도 이 길을 걸을 때 종종 그랬다는 것이 떠올랐지만 그 순간은 천천히 모든 것이 각자의 길로 향하고 맞은편 길은 마치 누가 팽팽히 잡아당기는 듯이 흐르고 그 길을 가로지르듯 보이는 골목은 더욱 자신만의 이야기를 숨기고 있는 것처럼 긴 꼬리를 풀었다가 일순간 다시 감았다. 나는 덮쳐오는 바람과 소리를 듣다 고개를 홱 하고 돌렸는데 오른편 너머의 전체가 유리로 된 입시학원 건물에서 마치 이 순간을 끊는 것처럼 학생들이 우르르 쏟아졌다. 우르르 쏟아졌다고는 하지만 열댓 명 정도였다. 몇은 자전거를 타고 내 편을 향해 오고 몇은 버스 정류장으로 향했다. 이제 내 눈앞으로 사람들이 지나가지만 나는 팽팽하게 당긴 저 먼 길이 어딘가로 달려가고 있는 것을 눈을 감아도 볼 수 있었다. 그렇게 걷고 또 걸어도 시내 한복판이 아니고서야 사람들이 없는 번화가의 둘레 손으로 무얼 잡고 있었는지 모르겠지만 그걸 놓아버리면 놓쳐버리면 줄자처럼 말려들어가버리는 온갖 길들. 어디에 사람들이 와글와글 거리는지 모르겠지만 그런 곳이 있기도 했다. 구도청 앞 분수대는 성탄절 즈음에는 거대한 트리가 되었는데 어릴 때 본 그 모습은 왜인지 설레면서도 사람을 경건하게 만드는 면이 있었다. 시내 무슨 교회 이름이 씌어져 있었던 것도 같은데. 그즈음 시내 서점은 크리스마스카드 판매대를 외부에 진열했고 사람들은 그곳에 모여 왠지 모두 모여 있는 것처럼 많이 모여서 크리스마스카드를 골랐다. 그런 시간들을 지나 지나고 또 지나 나는 몇 년 전 5월 구도청을 개방했을 때 그곳에 있었다. 그곳에 구도청의 창에서 보는 밖은 시내는 왠지 모르게 작은 마을 같았다. 보이지 않지만 언덕이 있고 작은 집이 있을 것 같았다.

그런가 하면 나는 무엇을 하겠다고 무엇을 하고 싶다고 그곳에 기획서를 낼 수 있을까 길을 걸으며 한참을 그런 생각을 해보았지만 첨단의 새로운 젊은 감각의 그런 것이 몸 안에 정신에 어디서 훔쳐오려고 해도 없는 것 같았고 아시아는 아시아이기는 하고 유럽은 미국은 아니니까 아시아이기는 하고 역사의 전위의 첨예하며 논란의 최전선의 그런 것과는 친구도 되고 싶지 않았고 주문처럼 다시 도라지 도라지 애매미 참매미 홍시 까마귀 불러보다가 아아 이런 자세로는 그 게임에 임할 수가 없다. 온 손에 몸에 힘이 없는 것 같은 상태지만 주사위를 굴릴 때만큼은 온 힘을 혹은 힘이 넘치는 사람처럼 번들거리는 눈을 갖고 또 굴리고 나면 매서운 눈을 하고 나는 그 게임을 실제로는 할 수 없겠지만 그런 게임을 생각하면 왠지 온몸에 긴장감이 돌았다. 그것은 우습고 온몸에 힘이 빠지는 느낌이어서 도리어 힘이 나게 했지만 우리는 나중에 감옥에 가게 될지도 몰라 나는 옆에 있지도 않은 동료에게 진지하게 그런 말을 속으로 했다. 그러게 관두자 그렇지? 우리는 맞아 맞아 하며 고개를 끄덕이고 술을 깨라는 듯이 부는 차가운 바람에 맞서고 싶지는 않지만 맞서며 내 돈으로 도박을 내 돈으로 도박을 내 돈으로 도박을 내 돈으로 도박을 내 돈으로

도박을 내 돈으로 도박을 속으로 외다가 "내 돈으로 도박을".

"내 돈으로 도박을."

"하고 싶다고?"

"아니 해본 적 있어?"

"도박이요?"

"응, 도박이요."

"글쎄, 내 교포 사촌 걔는 미국 국적이라 한국 오면 카지노 가기도 하더라고요."

"아니 생각해보니 저는 별로 도박에 흥미를 느끼는 타입은 아닌 것 같아요."

"그럴 것 같아."

"음, 그런 것 같아. 막 하고 싶다는 생각을 해본 적이 없는 것 같아."

그러나 내 돈으로 도박을 내 돈으로 도박을 곱씹어보면 그것은 호텔 카지노 같은 것이 아니라 일본 만화의 파친코 기계 앞의 아저씨 같은 모습에 가까운 것인가 생각하다가 또 누가 듣는다는 듯이 그렇지요 저는 도박에 크게 흥미를 느끼는 타입은 아니지요 말하고 어째서 우리가 애초에 생각한 게임은 반 발자국만 벗어나도 우스워지지도 흐물흐물해지지도 않고 그럴 수 없는 성질의 것으로 변해버리나 그런 것을 똑바로 생각할 만큼의 힘이 없고 이 사람은 저 사람이 택시를 태워 보내고 멀쩡한 사람들은 모여 담배를 피우고 있었다. 택시가 사막으로 가지는 않겠지. 택시는 목적지로 향해 가겠지. 술은 다 깨고 사람들에게 친절한 말을 하고 잘해보자고 하고 잘 들어가라는 말을 하고 나와 동료는 각자 택시 타기 편한 곳으로 간다.

내 돈으로 도박을 내 돈으로 도박을 내 돈으로 도박을 내 돈으로 도박을 택시는 잡힐 것 같지 않고 나는 속으로 그렇게 여러 번 말해보고 내 돈으로 도박을 하는 가정은 상상은 샤워를 하고 침대에 누웠을 때 하기로 하고 술자리의 사람들이 하자고 서로서로 한마디 보탰던 게임에 대해 어째서 그것은 놀이이고 게임이라 부르고 도박이라고는 부르지 않는지 모르겠지만 아무튼 그 게임에 대해 잠시 또 생각하고 머리는 아프다. 우리는 우호적으로 돈을 딴 사람을 축하해주기로 했지만 누군가는 상을 엎고 그 돈 내놔 하고 멱살을 잡을 수도 있고 개털이 되서 나간 극단의 대표와 잡지를 만드는 사람과 레이블의 팀장 등은 각 단체의 일원들에게 매서운 말을 듣고 누군가는 얻어맞기도 했는데…… 다음 날이 되어 세수를 하고 커피를 마시며 어제의 일을 아니 오늘 새벽의 일을 쓰리게 떠올려보면 아 맞아! 그 돈은 어떻게 뺏어갈 수 있어? 그럴 수 없어 그 돈은 출금할 수 없고 카드는 아직 만들지 않았어 아직 계좌도 열지 않았어 그 사람이 우리 기금을 가져갈 순 없어, 라고 제대로 된 생각을 하고 제대로 된 생각인가 당연한 생각인가 그런 것을 하고 기뻐서 모두에게 연락을 하지만 사람들은 모든 것을 농담처럼 취급할 것이다. 그건 당연히 놀이지 놀이. 장난이지.

침대에 누워서 할 생각이 있다는 것은 고민이나 괴로운 것 해결해야 할 문제가 아니라 할 생각이 있다는 것은 아주 즐거운 일이다. 나는 또 혼잣말을 중얼중얼거리며 이런저런 생각을 하다 옆에 누군가 자고 있었다면 깰지도 모를 큰 소리로 도박! 하고 내뱉고 다시 그러니까 도박이라는 것은 말야 하고 아까의 큰 소리를 무마하려는 듯이 중얼중얼거린다. 내 돈으로 도박을 하고 싶은 것은 아니고 한 시간 전 말했듯이 저는 도박에 크게 흥미를 느끼는 타입은 아니고요. 저는 그냥 내 돈으로 도박을 내 돈으로 도박을 하고 말해보는 것이 좋은 것입니다. 어째서 그런가 생각해보면 술자리의 사람들이 신나게 떠들어댄 게임은 그 게임판 위에서 나름의 재미가 있지만 내 돈으로 도박을! 하고 외쳐보는 것에는 정말로 무언가를 돌파하는 시원함이 있었다. 나는 완전히 다른 것을 해보겠다고 하는 듯한. 그렇지만 누누이 말하듯이 저는 도박에 크게 흥미를 느끼는 타입은 아니고요. 내일 힘들게 일어나 대충 입을 옷을 큰 가방에 던져 넣고 그걸 들고 출근을 하고 일을 하고 점심을 먹고 일을 하고 3시쯤 되면 오늘은 휴일 전날이니 모두 일찍 퇴근을 하자는 이야기를 듣고 기다렸다는 듯이 가방을 메고 사무실을 나서면 지하철 안은 나와 같은 사람들이 한 칸에 두세 명은 있을 것이다. 그런 생각을 하며 잠이 들지만 귓가에선 누군가가 하지만 남의 돈으로 도박을! 에도 나름대로 뭔가를 돌파하기는 한다 하고 뭔가를 잘 아는 듯한 아저씨의 목소리가 들렸다. 완전히 잠결이었다.

여전히 나는 팽팽하게 스스로를 당기고 있는 길 위에 서 있고 광주 아시아문화전당이 완공되면 무슨 모습일지는 모르겠고 사실 이전에 예상도 같은 것을 본 적이 있지만 그 모습에서 여러 번 수정이 되었다는 이야기도 들었다. 어떤 모습이어도 내가 무얼 할 수는 없을 것 같고 나는 끊임없이 무언가를 버리러 오는 사람들의 모습이 그 버리러 오는 사람들은 버리러 와서 또 무얼 주우려 하겠지만 떠오르고 그러면 길은 또다시 멀리 가버리는 듯했다. 실제로 지금 내가 간신히 옆모습 일부만을 보고 있는 구도청에 들어갔을 때 그때는 5·18주간으로 임시 개방되었을 때였다. 왜인지 계단을 내려가며 복도의 창으로 보이는 광주 시내의 모습은 건물 상가 불빛 들에도 불구하고 옛날 나조차도 본 적 없고 라디오에서나 그림책에서나 들어본 작은 마을처럼 보였고 언덕이 있고 누군가 불을 밝히고 누군가를 기다리고 있고 그런 감각은 기억은 어디서 비롯된 것일까 떠올려보려고 해도 나는 알려고 들지 않고 나 자신은 알려고 들지 않고 음 부서지기 전에 한 번 더 가보았으면 좋았을 텐데 하는 생각만 들었다. 내가 갔던 곳과 부숴졌던 곳이 같은 곳일지는 모르겠지만 말이다. 그런 생각을 하며 길을 걸었는데 언제까지 공사장이 보일까 고개를 돌려도 공사장은 공사장을 가리고 있는 금속판은 몇 년째 눈에 들어왔다.

내 어깨 위에는 어젯밤 꿈의 아저씨 목소리와 나의 목소리가 끊임없이 내 돈으로 도박을 내 돈으로 도박을 내 돈으로 도박을 하고 소리치고 있었다. 내 돈으로 도박을 내 돈으로 도박을 내 돈으로 도박을 내 손으로 바로 내 손으로 도박을 내 손으로 도박을 남의 돈으로 남의 돈으로 도박을 남의 손과 발로 도박을 그대로 되고 있다 그대로. 모든 것이 그대로 되고 있다. 외치는 그대로 되고 있다. 길을 계속 걸으면 어디선가 누군가 뛰어나오겠지 하는 생각을 하며 귓가의 목소리는 떨칠 수 없고 어깨에 짐을 진 것처럼 움츠러든 채로 계속 걷는다. 여전히 지나는 사람 없는 거리를 계속.

* 윤여일, 「옮긴이 서문」, 쓰루미 슌스케 외, 『사상으로서의 3·11』, 그린비, 2012, p. 36.

수영장

다미가 일하던 야영장에 갔는데 거기서 다미는 청소를 하고 그 외에 이런저런 것들을 하고 있었다. 크게 하는 일은 없어 보였는데 일어나 밥을 먹고 간단한 숙소 청소를 하고 사무실로 가서 걸려오는 전화를 몇 통 받고 일주일에 한 번 수영장 청소를 했다.

다미는 방학 중이며 긴 면바지에 티셔츠를 입고 수영장을 청소하는 인부들을 돕는다. 이 수영장에서 수영장이라기에는 조금 작은 듯한 이곳에서 흰 옷을 입은 신자들은 세례를 받는다. 하지만 기도회는 끝났고 이곳은 캠프가 끝난 야영장과 같아졌다. 다미는 이곳에서 그러면 무얼 하나. 왜 사람들은 돈을 주며 다미에게 일을 시키나. 그럴 이유가 있을 것이다. 필요가 있을 것이다. 인부들은 몇 주가 지나 더 이상 오지 않았고 다미는 배운 대로 수영장을 청소한다. 강을 따라 지어져 있던 커다란 숙소와 화장실 들도 모두 기도회가 끝나자 철거가 되었고 다미는 기도회 기간 동안 본부로 쓰였던 작은 직원 숙소에서 생활하고 있다.

나는 오토바이를 타고 다미에게로 가 그곳에서 며칠 묵었다. 세례를 받는 사람들, 흰 옷을 입은 사람들, 깊숙이 물로 들어갔다가 솟구쳐 오는 기분은. 그 기분은 특별하다고 믿는 사람들에게 특별할 것이나…… 돈은 그럭저럭 받느냐고 묻자 별거 안 되는 돈을 받는다 하고 다미는 농담을 하다가 아냐아냐 하고 머리를 긁었다.

새벽에 강을 따라 걸었다. 키가 큰 풀이 있고 아무도 없다. 경찰이 온다면, 신자들이 온다면, 누군가의 부모가 형제가 온다면 동네 아이들이 남고생 여고생이 어딘가 숨는다면 왠지 그려지는 것이 없고 하지만 예상치도 못한 누군가가 나타날지 모른다고 생각했다. 오토바이는 여전히 그대로 있다. 직원 숙소로 돌아가 식당의 냉장고를 열었다. 시원한 보리차를 마셨다. 남아 있는 직원은 두세 명쯤 되는 것 같았고 근처에 집을 얻어 생활하는 직원들이 있다고 했다. 물통에 보리차를 담아 수영장으로 향했는데 첨벙첨벙 여자애는 헤엄치고 있었다. 그 애는 낮에는 이곳에서 수영하지도 않고 들어가고 싶어 하는 얼굴도 하지 않는데 하지만 이곳은 사람들이 세례를 받는 곳이니까 낮에는 누구도 드러내고 수영을 하지는 않는다. 뚱뚱한 여자애는 친한 여자애들이 없고 남자애들도 없고 아이들이 강에서 놀 때 멀리서 그것을 바라보기만 했다. 첨벙 첨벙 첨벙 첨벙. 잠자리가 나타났고 잠자리는 어디에 앉을까 빙글빙글 돌다가 멀리 갔다.

그리고 나는 며칠 뒤 집에 갔다. 오토바이는 돈이 없어 팔아버렸다.

다미가 묵던 숙소는 인터넷도 되지 않고 전화도 잘 터지지 않았다. 요즘에도 이런 곳이 있다니. 이곳은 옛날 같아 오래된 철제 책상과 철제 이층침대가 있는 방에서 책을 읽다가 일기를 쓰다가 이전부터 꽂혀 있던 성경을 펴 매일 1장을 읽는 것을 목표로 하지만 잘 지켜지지 않고 하지만 기도는 매일 한다. 기도회 기간에는 임시로 숙소도 식당도 화장실도 많이 지었었다. 천막이 바닥에 깔린 수영장도 하나 더 있었는데 그곳에서 기도회의 마지막 날 세례식을 거행했다. 이곳에 온 지 한 달이 지나가지만 가져온 옷의 절반도 꺼내 입지 않았다. 면바지에 티셔츠나 추리닝에 티셔츠를 입고 가만히 침대에 누워 있다 식당에 내려가 전날 만들어놓은 찬밥에 멸치볶음 같은 것을 김과 먹는다. 전화는 받아도 그만 안 받아도 그만이지만 받을 수 있는 것은 모두 받는다. 전화를 끊고 책상 밑으로 몸을 웅크린 방학 중인 긴 머리의 학생은 아무 비밀도 찾을 수 없었다. 작은 상자도 핏자국도 일기장도 금고도 현금 다발도 왜인지 어딘가에 몸을 웅크리면 그런 것을 찾아낼 수 있을 것 같지만 그런 것은 없다. 이마를 책상에 찧으면 둥둥 소리가 났고 이마는 아프지 않았다. 독실한 신자가 아닌 다미는 독실한 신자의 조금 친한 친구였고 어째서 일을 독실한 신자가 아닌 자신이 하게 되었는지 알 수 없지만 사람들은 보통 다미를 신뢰할 만한 인상이라고 생각할 것이다. 옛날의 냄새. 매일 충전하는 핸드폰은 숙소 식당 귀퉁이로 가야 쓸 수 있었지만 다미는 이제 들고 다니며 게임이나 했다. 여름이 지나가고 있었다. 아직 완전히 지나가지는 않았지만. 길게 자란 풀은 왜 아무도 베지를 않을까 풀을 손으로 꺾으며 시골 냄새가 나지 않네 이곳은. 야영장에서는 원래 시골 냄새가 나지 않는 것인가, 이곳만 벗어나도 집들이 있고 농사짓는 사람들이 있을 것이다. 책을 열심히 읽게 되지도 공부나 해볼까 그것도 잘 되지 않았고 가끔 멀리서 들리는 개 소리가 개가 짖는 소리가 정말일까 착각일까 착각이라면 어째서 개의 짖는 소리인가 그런 문제를 지나치게 길게 자주 생각했다.

수영하는 여자애는 말이 없다. 그 애는 아마 열두 살이거나 열세 살이었을 것이다. 이름은 이애정으로 늘 무뚝뚝한 표정으로 먼 곳을 보았고 방학 중인 대학생과 이애정은 여름이 지나도록 크게 가까워지지는 않았다. 그 애는 새벽에 첨벙첨벙 수영을 했다. 강렬한 느낌이었는데 잘해서도 아니고 못하는 것은 아니었지만 다른 이유 때문은 아니고 처절하게 헤엄을 치고 있었기 때문이었다. 이애정의 남동생은 아주 말랐고 안경을 쓴 까무잡잡한 남자애였다. 이민구라는 이름의 남자애는 말이 없고 수줍음을 많이 타는 성격이었다. 이민구는 자전거를 타고 다녔다. 방학 내내 오후 시간에는 자전거를 타고 어딘가를 돌아다녔다. 어디 멀리를 다녀오는 걸까 멀리서 숙소를 향해 자전거가 다가온다.

어느 교회에 다니시나요, 그가 물었고 그것이 대화의 시작은 아니었지만 그 질문은 선명했다. 선명하게 기억이 남았다. 방학 중인 대학생은 중학교 동창의 권유로 미군 부대가 있는 동네의 교회를 몇 번 나갔다. 남자는 서른둘이었는데 어릴 때부터 교회와 기도회를 오가며 시간을 보냈기 때문인지 옛날 사람 같은 느낌이 있었다. 전두환 정권의 대학생 같은 느낌이었는데 실제로도 그는 왜인지 컴퓨터를 쓰는 것에 죄의식을 느끼고 있었다. 그것이 쾌락적이어서인가. 남자는 숙소 1층에서 묵으며 기도회의 사무 처리를 하고 있었다. 그러니 컴퓨터를 쓸 수밖에 없었는데 매일 필요한 만큼만 컴퓨터를 쓰고 얼른 꺼버렸다. 남자가 하는 일은 여름이 끝날 때까지만 하면 되었는데 처리가 끝나고 여름이 끝나면 남자는 서울로 돌아가 교회에서 비슷한 일을 하다가 봄이 되면 이곳으로 와 기도회 준비를 시작했다. 매해를 그렇게 보냈다. 남자와 학생은 보리차가 든 물병을 가운데 두고 두꺼운 플라스틱 접시에 밥과 멸치볶음과 얇은 김과 간장조림계란과 소고기뭇국을 먹는다.

나는 골목을 돌아가야 나오는 정자에 앉아 맥주를 마셨다. 하지만 곧 일어났다. 동네 노인들이 그곳에서 소주를 마시기 때문이다. 오토바이를 판 돈으로 월세를 내고 나머지는 통장에 넣어둔다. 지갑에는 8만 원이 있었다. 우유를 사다가 핫케이크를 만들었다. 아직 해가 지지 않고 핫케이크가 든 접시를 들고 바닥에 앉아 먹는데 등 뒤에서는 땀이 나 옷이 등과 붙었다. 한 손으로는 핫케이크를 먹고 다른 손으로는 옷자락을 잡아 펄럭거렸다. 이렇게 집 안에만 있으면 옛날 냄새를 떠올리게 되고 이 집 역시 지어진 지 30년이 넘었고 모든 사람은 쉽게 옛날 사람이 되어버리는 것이다. 옛날은 힘이 세고 나쁘더라도 그립다. 다미와 묵던 숙소의 철제 책상에는 아무 흔적도 중국집 스티커도 붙어버린 견출지도 없었다. 나는 거기에 손바닥을 대보았는데 다미는 옆에서 웃으면서 핏자국을 찾고 있다고 말했다. 없어 없어 아무것도 못 찾았어.

다미는 한번은 그래 보고 싶어서 별다른 계획이 있던 것도 아니지만 15분을 걸어서 버스 정류장으로 간다. 서울에서 온 대학생은 숙소에서 머문 지 한 달 만에 읍내에 나가는데 본인의 옷이 읍내에 가기에 촌스럽지 않은가 확인을 했다. 멀리서 신호처럼 이민구가 자전거를 타고 지나간다. 동네 여자애들의 무리에는 이애정이 없고 이애정은 언제나 처절하게 새벽에 수영을 한다. 여름이 끝나면 그것도 못하게 되겠지. 다미는 20분이 넘게 버스를 기다렸고 버스에는 군인들 몇과 할머니들이 있었다. 다미는 읍내에 나가 장 구경을 했다. 팥이 든 도너츠를 사 먹고 컵에 든 앵두를 사 먹었다. 너무 오랜만에 돈을 쓰는 기분은 그것이 어떤 기분이라는 것을 느끼게 할 만큼 선명했고 아주 사람을 들뜨게 했다. 다미는 사람들 사이를 걸으며 물속에서 헤엄을 치다 가끔 고개를 내밀고 물 밖에서 숨을 쉬는 것 같은 기분을 느꼈다. 야영장의 숙소의 수영장의 공기는 느리고 무거웠고 다미의 온몸은 그 속도에 맞춰 있어서 몸속 어딘가에서 누군가 첨벙첨벙 헤엄을 치다가 잠깐 고개를 드는 것으로는 부족하여 레일을 붙잡고 혹은 입구의 문턱을 붙잡고 천천히 숨을 내쉬고 있는 느낌이 들었다. 힘든 것은 아니고 그 상황을 다 내려다보는 또 다른 누군가가 느껴졌고 그것과 언제까지나 함께하게 될 것 같다고 생각했다.

1층의 남자에 대해서는 더 이상 깊은 말을 할 수도 없고 짐작도 쉽게 할 수가 없는데 누구도 독실한 신자가 되어본 적이 없고 그런 친구조차 없기 때문이다. 하지만 어렴풋한 것들은 늘 있고 여름 내내 다미는 틀렸을 거야 아냐 그럴 거야 하는 생각을 하다가 말다가 했다. 그 사람을 자주 마주치기는 힘들었다.

첨벙 첨벙 첨벙 첨벙 첨벙
첨벙 첨벙 첨벙 첨벙 첨벙
첨벙 첨벙 첨벙 첨벙 첨벙
첨벙 첨벙 첨벙 첨벙 첨벙

다미는 이애정의 헤엄치는 모습을 일주일에 한 번꼴로 보는데 아무리 일찍 자도 새벽부터 일어나 수영장으로 나가고 싶지는 않기 때문이다. 상쾌한 여름의 새벽 모기향을 손에 들고 걷는 다미의 옆에는 타고 남은 재가 따라붙는다. 본인의 헤엄은 그러니까 읍내에 나갈 때 느껴지던 헤엄은 본인의 헐떡거림은 누가 지켜보는가. 이애정의 헤엄은 다미가 종종 본다. 하지만 1층의 남자도 가끔 잠에서 깨어 그 모습을 보기도 했고 5층에 있는 나이 든 아주머니는 좀처럼 식당으로 내려오지 않는다. 그 사람은 눈을 마주치지 않았다. 방에 냉장고가 있다는 이야기를 들은 적이 있다.

모기향은 천천히 타고 있었고 다미는 끝부분을 잘라내버리고 바닥에 문질렀다. 나는 한 번 무엇을 먹으면 질릴 때까지 먹는 습관이 있고 실은 질려서 관두는 것은 아니고 너무 한다 싶어서 관두는 것이다. 핫케이크를 만들어 맥주와 함께 먹었다. 아주 커다란 수영장에 가고 싶었다. 내가 가고 싶은 수영장은 아주 커다랗지만 사람은 많지 않은 야외 수영장이었는데 사람들은 살이 타는 것을 신경 쓰지 않고 첨벙첨벙 수영을 한다. 곧이어 먹구름이 몰려오고 그때 보게 되는 구름은 서울에서는 보기 힘들게 아주 크고 손에 잡힐 듯이 가까운 먹구름이다. 구름은 왜인지 수영장을 가릴 듯이 무겁게 다가오고 수영장 바로 위에 도착했을 때쯤 비가 가볍게 떨어지기 시작한다. 바람이 불기 시작하고 가벼운 빗방울은 이리로 저리로 흔들리며 뿌려지고 사람들은 빗속에서 수영을 한다. 온통 어디나 젖은 채로 당연히.

야외 수영장의 사진
야영장의 일기
수영복 대신 입은 얇은 티셔츠와 반바지

남자의 성경책에는 아무런 낙서도 없었다. 그어놓은 줄도 없었다. 어린애들의 성경책에는 그런 것이 있다. 색색의 줄과 가끔 별표 같은 것도 있다. 표지 뒤에는 주소와 이름을 쓰고 가끔 다음 성경학교의 일정을 쓰고 옆의 친구 주소를 쓴다. 교회를 떠난 사람들은 모여 더 작은 교회를 만들었고 더 작은 교회는 곧 더 큰 교회가 되기도 했다. 언제 개학이 되는 거지? 새벽에 수영하는 여자애는 외로운 사람도 고독한 사람도 아니다. 온몸이 젖은 채로 일어나 그대로 서서 오줌을 싼다. 오줌이 허벅지 사이를 타고 흘러내리고 온몸이 따뜻해졌다. 여자애는 그 느낌을 기억한다. 오줌을 다 싸고 다시 수영장으로 들어가 첨벙첨벙 헤엄을 쳤다. 고추잠자리는 어디에도 앉을 수가 없어 잠시 수영장 위를 날다가 먼 곳으로 갔다. 다미는 몸을 구부려 걸레로 침대 바닥을 닦았는데 모래만 잔뜩 나왔다. 내가 판 오토바이는 훗날 주인이 몇 번이나 바뀌고 그 중에는 남고생도 있었다.

읍내에는,이라고 하지만 그곳을 이제 사람들은 읍내라고 점점 부르지 않게 되었다. 하지만 다미는 읍내라고 하는 것이 편했고 사람들이 부르는 이름에는 아무 감정이 생기지 않았다. 읍내에는 문구점을 겸한 서점이 있었고 다미는 거기서 잡지 몇 권과 소설책 한 권을 샀다. 패스트푸드점에서 햄버거를 먹고 편의점에서 컵라면을 세 개 사서 돌아왔다. 동네 슈퍼에는 팔지 않는 새로 나온 컵라면이었다. 손목에는 비닐봉지 자국이 남아 있었다. 샤워실에는 아주 작은 엄지손톱만 한 개구리가 있었고 하마터면 밟을 뻔했다. 샤워를 끝내고 옷을 입고 뒤를 돌아보았을 때 개구리는 사라지고 없었다. 고추잠자리도 개구리도 빠르게 몸을 숨기고 있었다. 복도에는 어제 떨어뜨린 모기향 재가 가늘게 이어져 있었다. 남자는 영어로 된 성경을 매일 읽고 영어로 된 예배를 반복해서 듣는데 그런다고 중요한 사람이 될 수 있나. 야영장 너머 동네에 있는 중학교에는 원어민 교사가 3년째 아이들을 가르치고 있다. 그 사람은 읍내 원룸에서 살며 버스를 타고 출퇴근을 한다. 마흔이 넘었으며 살고 있는 원룸은 건물 내에서 가장 넓은 평수였다. 교회는 나가지 않으며 가끔 서울에 오래 머물 일이 있으면 명동성당에 나간다. 그 사람은 학교 근처의 야영장에서 여름마다 기도회가 열린다는 것을 알고 있었다. 전해에 근무하던 원어민 교사가 그 종파의 신자였는데 그의 말을 들어보았을 때 그 종파는 아주 마이너하고 엄격했다. 원어민 교사를 하기 이전에는 서울과 부산, 광주에서 영어학원 선생님을 하였다. 서울과 광주는 잠깐이었고 부산에서는 5년 이상 영어 선생으로 일했다. 바다가 있는 곳이 아무래도 좋았기 때문이다. 여름 방학 때는 제주도에서 1주일 부산에서 2주일을 보냈다. 부산에서 일했던 영어학원 사장과 함께 식사를 하였는데 그는 언제든 다시 오라고 말했다. 패밀리 레스토랑에서 연어스테이크를 먹고 조금 걷다가 회와 일본술을 함께 마셨다. 개학은 아직 멀었지만 곧 닥칠 것이다.

중학교의 아이들은 학기 중 체육 시간에 수영을 배우는데 버스를 타고 읍내의 스포츠센터로 가 수영 강사의 지도로 배영까지 배우게 된다. 숨쉬기에서 발차기 물에 뜨기 이것이 익숙해지면 자유형 그다음에 배영을 한 해 동안 배우는 것이다. 체육 선생님은 수영복으로 갈아입지 않고 수영장 안으로 뛰어들지도 않고 다른 수영 강사와 잡담을 하다 아이들에게 한 번씩 주의를 준다. 그렇지만 체육 선생님은 수영복으로 갈아입지 않았다기보다 수영복 위에 추리닝을 입은 것이다. 이 수영장에서 원어민 교사는 새벽에 수영을 한다. 이애정도 몇 년이 지나면 이 수영장에서 수영 수업을 들을 것이다. 무관심한 표정도 무표정도 아니고 조금 인상을 쓴 것 같은 표정의 이애정은 어떤 중학생이 되어 어떤 표정으로 학교를 다니게 될까. 다미는 그 이후로도 종종 만났지만 이애정과 이민구는 영원히 중학생이 되지 못하고 열한 살 열두 살의 동네 아이들로 남을 것 같고 하지만 겨울은 찾아온다. 개학은 찾아온다. 이애정이 처절하게 수영을 할 수 있는 날들도 얼마 남지 않았을 것이다.

몇 주간 보이지 않던 인부들이 와 강 근처 긴 풀을 베었다. 다미는 전날 오후 내내 식당에서 보리차를 끓였다. 얼음 곽에 얼음을 여러 통 얼리고 주전자에 뜨거운 물 조금에 믹스커피를 수십 봉지 뜯어 넣었다. 커다란 주전자에 물을 끓이고 물이 다 끓으면 보리차를 넣고 10분 뒤 건지고 그걸 식탁 위에 놓고 식히고 다른 주전자에 다시 물을 끓이고 보리차를 넣는다. 진한 커피는 물통에 담아 냉장고에 넣었다. 보리차가 식는 동안 읍내 편의점에서 사온 영화 잡지를 읽는다. 동네 남자애들이 수영장 근처에서 축구를 하는 소리가 들렸다. 공을 차고 소리를 지르고 니가 그랬잖아 꺼지라고 아 이리로 주라니까. 아이스크림이 먹고 싶어졌다. 주전자 주변에 물방울이 맺혔다. 재빨리 자전거를 타고 동네 슈퍼로 향했다. 돌아올 때는 한 손에는 아이스크림을 다른 한 손에는 자전거를 잡고 돌아왔다. 아직 덜 식은 보리차를 컵에 따르고 얼음 곽에서 얼음을 두 개 꺼내 넣었다. 얼음이 캬캬 하고 금이 갔다. 금이 가는 소리가 듣기 좋았다. 성경은 읽지만 교회는 거의 가지 않았고 하지만 매주 교회에 가는 척을 한다. 교회에 가는 척을 한다기보다 실제로 교회에 가고 있기는 했는데…… 버스를 타고 달려 도착한 교회의 경기도 지부는 워낙 커서 다미가 대충 무얼 하든 혹은 열과 성을 다하든 눈에 띄지 않았고 다미는 있는 듯 없는 듯 일요일 오전 시간을 보내고 천 원을 내고 밥을 먹고 다시 버스를 타고 숙소로 돌아온다.

교회의 지하실은 곰팡이 냄새가 구석에서부터 피어나고 온갖 비품이 쌓여 있는 와중에 탁구대는 멀쩡하다. 지하실에서 탁구를 치는 사람들이 있다. 위층 강당에는 벨벳으로 된 두꺼운 커튼이 있고 이런 커튼 뒤에는 네 살의 다섯 살의 아이들이 숨어 있다. 나가면 안 돼 나가면. 엄마는 아이의 이름을 부르고 또 부르지만 아이들은 나가지 않고 그러다 깊은 잠에 빠지면 어떻게 되나. 모든 아이들은 어떻게 집으로 돌아가나. 아무 상관도 없는 누군가는 우연히 그곳을 지나가다 뜬금없이 생각나는 말들을 내뱉고 혹은 조심스럽게 피아노 뚜껑을 열고 최신 유행가요를 쳐보는데 커튼 뒤 아이들은 아무렇지 않게 웃으며 뛰어나온다. 뭔가 재밌다는 얼굴로 강당이 무너져라 뛰면서 엄마 엄마 엄마 하고 부른다.

교회의 여름
교회의 화단
아이스크림 막대와 줄지은 개미의 등

식은 보리차는 이미 누군가가 냉장고에 넣어두었다. 보리차가 식는 것을 기다리다 잠시 잠이 든 다미는 깊은 잠에 빠져들었고 놀란 듯 화들짝 눈을 떴을 때는 이미 한 시간 반이 지나 있었다. 주전자는 깨끗이 씻겨 행주 위에 엎어져 있었고 보리차는 유리병에 담겨 나란히 냉장고 안에 들어가 있었다. 아무도 없고 이곳은 다미는 무릎을 꿇고 엉금엉금 기어보지만 여전히 핏자국 같은 것은 어떤 실마리는 비밀은 없고 손바닥이 저렸다. 그런 것은 없고 찾을 수 있을 리도 없고 있어봐야 신도 명부 같은 것이겠지 아무래도 아마도.

실제로 누군가는 죽었는데 이애정의 어머니는 5년 전 교통사고로 세상을 떠났고 이애정은 고모와 할머니와 아버지와 남동생과 살고 있다. 이애정의 어머니는 교회 신자였는데 해마다 기도회에 열심히 참가하였다고 한다. 이상한 일이지만 신자들은 주변 사람들이 죽으면 그 사람에게 신의 이야기를 전하지 못한 것을 깊이 안타까워하지만 신자들이 죽는다고 주변 사람들이 아 그의 말을 한 번은 믿어줄 걸 하고 슬퍼하는 것은 아니다. 조금은 슬플지 몰라도 말이다. 어쩌면 마음 깊은 곳에서는 양쪽 다 그것을 이유로 슬퍼하거나 애통해하지는 않을 것이다. 이애정은 물을 때릴 듯이 양팔을 위에서 아래로 내리치고 접영을 하려고 하나 보다 수영장 주변 풀들이 젖어 있었다. 이애정은 일어나 물 밖으로 나와 그대로 선 채로 오줌을 싸고 바지를 손으로 잡아서 짜고 물을 뚝뚝 흘리며 집으로 간다. 멀리서 이민구의 자전거가 출발하고 있었다. 일기를 썼다. 일기장에는 아침에 몇 시에 일어났는지 일어나 무얼 했는지 또 그전에 무얼 먹었는지 간단히 쓴다. 이것은 시간이 지나 다시 보면 아무리 애써도 기억나지 않을 날들일 것이다.

방을 청소하다 오래된 수첩을 보았는데 그것은 내 것은 아니고 수십 년 전에 누군가 쓴 것이다. 오래된 수첩은 나의 두꺼운 노트 안에 책갈피처럼 끼워져 있었다. 얇은 종이 위에 이미 번진 볼펜은 그날의 예배에 대해 쓰고 있었는데 그날의 목사님은 형제에 대해 말하고 있었다. 형제에 대해 이웃에 대해 그것이 가지는 사랑에 대해. 나는 예배를 마치고 거리를 쏘다니다 서점에 들러서 시간을 보내고 집에 돌아오니 머릿속을 떠나지 않는 여전히 머릿속에 뚜렷하게 남아 사라지지 않는 것이 다시 한 번 자신의 큰 몸을 펼쳐 보이고 있었다. 나는 사라진 사람들과 죽은 사람들이 온몸을 꽁꽁 싸매 어디로도 가지 못하게 할 것이라고 생각했다. 오늘 교회를 가고 서점을 가고 또 어디어디를 갔지만 말이다. 사라진 사람은 살아나지 못할 것이다. 되돌아오지 못할 것이다. 시대의 어둠은 사람들의 목을 조이고 팔과 다리를 묶어버렸고 모두 정말로 다시 살아나지 못할 것이다. 죽었다는 말은, 어떻게 죽었다는 말을 쓸 수 있을까. 일기를 쓰고 또 쓴다. 수첩을 천천히 넘기다 금세 이것을 다 읽어버리는 것이 아까워 한 페이지만을 읽고 또 읽다 다시 덮었다. 첫 페이지를 읽고 또 읽다 다시 덮어 두꺼운 수첩 사이에 넣었다. 이런 비밀은 나에게 없고 다미는 구별할 수 없는 날들을 기록한다. 나에게는 이런 비밀도 다미의 무거운 구름 같은 낮게 깔린 공기 같은 날들도 없다. 옛날 사람들에 대한 생각만을 많이 했다. 중학교 옆 수영장에서는 락스 냄새가 나고 올 여름에는 아직 수영장에 가지 못했다. 시간이 지나 내가 옛날 사람들 같은 옛날 사람이 되어도 하지만 옛날 사람 같은 옛날 사람은 결코 못 되겠지만 수영장 냄새를 맡으면 가만히 걸음을 멈추게 될까. 첨벙첨벙 자유형을 하며 팔로 락스 물을 가르는 상상을 했다. 몸을 말리고 밖으로 나와도 마른 팔에서는 락스의 냄새가 희미하게 날 것이다. 나에게는 아무런 일도 일어나지 않았고 얼굴을 모르는 사람이 없다. 사라진 사람 죽은 사람이 나를 붙잡고 있지는 않지만 (정말 그럴까) 나는 멈추지 않고 멈출 수 없고 걸을 수밖에 없었다. 머리카락에도 팔에도 목에도 사라지지 않는 냄새를 풍기며. 거리를 골목을 걷고 또 걷는다. 도시에서 가장 시끄러운 사람들은 종교를 가진 사람들이었는데 나는 어김없이 내가 어떤 냄새를 풍기든 혹은 어떤 냄새를 풍기기 때문에 팔목을 잡히고 초점이 묘하게 빗나간 그 사람들을 보며 그래도 다미가 다니는 교회보다는 신자가 많은가 보다 하는 생각을 했다. 나는 멀리서도 그 사람들을 분간할 수 있었는데 그 사람들은 작은 가방을 옆으로 메고 머리를 꽁꽁 묶고 꾸밈의 흔적을 지우고 아니 그런 흔적이 원래부터 없었던 사람들이었으며 체크무늬 셔츠와 면바지 같은 것을 입는다. 다미가 있는 숙소에 다시 들르기 위해서는 버스를 타야 했다. 오토바이는 이제 군대를 제대한 젊은 남자가 그 남자는 흰 얼굴에 깨끗한 살냄새가 훅 하고 풍기는 사람이었다. 그 남자에게로 가버렸다. 그 남자에게 팔리고 없다. 여름이 가기 전에 다미를 보려면 버스를 타고 경기도로 긴 강을 끼고 있는 야영장으로 가야 했다.

나는 천천히 다시 손을 뻗는다. 내 손은 다시 오래된 수첩을 펴고 첫번째 페이지를 손가락으로 한 줄 한 줄 읽고 있다. 목사님은 『이사야서』를 말한다. 어머니가 자식을 위로함 같이 내가 너희를 위로할 것인즉 너희가 예루살렘에서 위로를 받으리니 너희가 이를 보고 마음이 기뻐서 너희 뼈가 연한 풀의 무성함 같으리라 하지만 수첩의 주인은 이것으로 위로를 받지 못하고 교회를 나와 서점에 가고 그 사이사이 온갖 골목을 헤매며 벗어나려고 발버둥을 친다.

넓은 강당은 목사님의 말을 듣기 위한 사람들로 가득 차 있고 사람들은 방석을 깔고 앉아 말씀을 듣는다. 오늘 들으실 말씀은 아마도 몸이 아프고 병원에 가 있는 분들이 들으시면 아주 큰 위로가 되실 겁니다. 『이사야서』를 펴고 같이 읽어봅시다. 몸이 아픈 사람들을 떠올리자 눈이 뜨이는 듯하고 그 사람들에게 오늘의 말을 꼭 전달해줄 거야 다짐을 하고 하지만 나는 이미 보아버린 며칠 전의 장면들에 다시 사로잡히고 만다. 머리를 흔들고 목사님의 말씀에 집중하기 위해 애쓴다. 이럴 때는 아주 무서운 생각을 해보자. 아니야 나는 무서운 생각에 사로잡혀 있고 더 이상 무서운 생각을 할 수가 없어요. 아니다 아니다. 나는 당신에게 말하지 못한 것이 있어요. 나는 사람들이 어떻게 쓰러져 있는지를…… 빈집의 밥상에 숟가락이 어떻게 마치 제사상처럼 꽂혀 있고 다른 숟가락은 바닥에 나뒹굴었는데 그 옆에 사람 둘이 있었어요. 아니 아니 나는 이것을 말하려던 것이 아니라 몸이 아픈 사람들에게 하나님은 네 육신의 고통이 곧 사라지리라 말씀하십니다.

내가 다가간 수첩의 페이지들은 누렇게 번진 점들을 가지고 있었고 변색된 모퉁이들을 가지고 있었다. 다미는 수영을 하지 않고 수영장에 종아리를 담그고 책을 읽으려 하였다. 몇 페이지를 읽기는 하였지만 이것은 왠지 너무 꾸민 장소와 동작과 움직임 같다는 것이 신경이 쓰여 곧 다시 방으로 돌아왔다. 종아리를 긁다 샤워를 하였다. 잠시 낮잠을 잤고 무언가 생각하다 다시 잠이 들었다.

원어민 교사는 키가 170센티미터가 약간 넘고 안경을 쓰고 팔다리는 약간 붉고 땀이 나는 여름에는 얼굴도 붉다. 그 사람은 자유 수영을 하고 수영 강사들과는 눈인사를 하지만 사람들은 말을 걸지 않는다. 비가 오면 모기가 죽는다. 그 이유 하나로도 여름에 비가 오는 것은 아주 좋다고 생각한다. 원어민 교사는 샤워를 하고 아무렇지 않게 몸을 닦고 나오지만 어느 때고 사람들은 그 사람을 의식하고 쳐다보았고 다 씻고 나온 그 사람은 편의점에서 주스와 핫도그를 사서 핫도그를 전자레인지에 데우고 콘센트에 꽂아서 쓰는 모기 퇴치기를 사야겠다고 생각한다. 핫도그에서 김이 나왔고 옷을 벗고 샤워를 하는 것은 아니지만 그래도 핫도그를 먹는 자신을 누군가는 쳐다보고 있다는 것을 알고 있다. 여기서는 만날 수 있는 남자가 없고 하지만 만나려는 것은 여자인데 여자도 만나기 힘들었다. 부산에 돌아가는 것이 좋을까 생각하다가 부산으로 가는 것이 아니라 돌아가는 것이라니 정말로 이제는 부산을 돌아갈 곳으로 생각하는구나 깨달았다. 부산에서는 여자를 만날 수 있었고 마음을 먹자면 남자도 만날 수 있었지만 이곳은 젊은 사람이 드물었다. 남자고 여자고 말이다. 눈에 띈다는 것은 안전한 것인가. 가끔 인적이 드문 골목을 향해 가다 이 동네 사람들은 어느 외국인 여자가 이 건물에 산다는 것을 다 알겠지 그러면 내가 사는 곳에는 강도도 들지 않고 한밤중 누군가 내 목에 칼을 들이밀지는 않는다는 말인가. 원어민 교사는 한 달에 한 번 정도 지나가듯 그런 생각을 하다가 만다. 그리고 눈을 뜨면 다시 옷을 챙겨 입고 걸어서 스포츠센터로 간다.

첨벙 첨벙 첨벙 첨벙 첨벙
첨벙 첨벙 첨벙 첨벙 첨벙
첨벙 첨벙 첨벙 첨벙 첨벙
첨벙 첨벙 첨벙 첨벙 첨벙

나는 끊임없이 일기를 씁니다. 하루 종일 방 안에서 이불을 뒤집어쓰고 있어도 일기를 쓰고 또 씁니다. 그리고 나는 성경을 읽고 그것을 베껴 쓰고 며칠 전 길에서 받은 종이를 다시 펴 읽고 또 읽고 그것을 이 노트에 옮겨 적습니다. 손금을 따라 땀이 맺혀 하루에도 몇 번이나 치마에 손바닥을 문지르고 땀에 미끄러진 볼펜을 다시 줍습니다. 어떨 때는 교회에 나가고 다른 생각을 하지 않고자 눈을 치켜뜨고 목사님 말씀만을 들으려 하다가 교회를 나오면 사람들과 본 것들을 이야기하고 그럴 수밖에 없고 다시 나는 거리를 헤매고 무엇을 찾으려는 것처럼 헤매다 방으로 돌아와 다시 노트를 폅니다. 어떨 때 나는 기독교 회관 계단에 주저앉아 방금 들은 이야기를 쓰고 또 쓰고 어떨 때 나는 서점 책꽂이에 노트를 대고 그리고 다시 나와 제과점에 가 핸드백 안의 동전을 모아 우유를 마시며 계속 옮겨 적습니다.

저녁을 여럿이 함께 먹는다. 오랜만에 5층 아주머니와 1층 남자와 이애정과 이민구 그리고 할머니까지 모두 모여 저녁을 함께 먹었다. 교회의 숙소에 교회의 신자이며 직원인 사람들이 모여 있지만 식사기도 같은 것은 하지 않는다. 다미가 3년 후에 잠시 만나게 되는 남자는 유명 교회에 다니는 사람이었는데 그 사람은 아주 자연스럽게 식사기도를 하였고 그때서야 다미는 보통의 기독교 신자들은 아주 자연스럽게 식사기도를 한다는 것을 알게 된다. 그 자리에서는 모두 식사기도 같은 것을 하지 않고 모두 말없이 묵묵히 밥을 먹고 가장 묵묵히 먹는 것은 이애정이었고 다미는 밥을 먹으며 감자가 맛있다고 계속 생각했다. 이곳에서 지낼 날이 얼마나 더 남았나 속으로 계산을 해보았고 방학 중인 대학생은 이제 휴학생이었고 휴학을 했지만 방학이 끝나면 이곳을 떠나기로 되어 있고 무엇보다 돈을 벌어야겠다고 생각한다. 밥을 먹고 설거지를 하고 식탁 옆에는 잘게 잘린 식빵이 있었는데 사람들은 밥을 다 먹고 그것으로 접시를 닦고 김칫국물에 눌린 식빵을 먹었다. 다미는 물을 끓여 커피를 타고 얼음을 넣고 얼음이 깨지는 소리를 듣는다. 사람들은 모여서 자두를 먹고 있었다. 다미는 방으로 가 널려 있는 책을 하나로 모으고 안 보는 잡지를 버리려고 내놓고 여기서 입다 버리려고 가져왔지만 한 번도 입지 않은 티셔츠를 짐에서 빼고 노트에서 쓸모없는 부분을 한 장 한 장 찢고 왠지 다신 안 입을 것 같은 반바지와 원피스도 빼고 그것들을 모아 어떤 것은 쓰레기통에 아니 모든 것을 쓰레기통에 넣는다. 검은 봉지에 싸서 쓰레기통에 넣는다. 사는 것은 즐겁지만 종종 아주 많이 즐겁지만 버리는 것만큼 홀가분하기는 힘들고 언젠가 커다란 옷장 같은 것이 서랍과 책장 같은 것이 생기면 버리는 것은 더욱 즐거울 것이다. 사는 것보다 훨씬 낭비하는 기분이 들 것이다.

언제까지 계시나요 이것은 남자의 마지막 질문은 아니었지만 마지막 질문처럼 기억에 남아 있다. 그 사람은 좀더 이상한 사람이었겠지 이해받기 어려운 사랑받기 어려운 모습이 있었겠지만 그런 것은 전혀 짐작도 할 수 없게 그저 조용하고 혼자 열심히 일을 하던 사람으로만 기억에 남아 있다. 그는 마흔이 다 되어 교단을 나오게 되는데 이후에는 큰형이 하는 학원에서 사무를 보고 간간이 중학생반 영어 수업을 맡는데 학원 강사라는 일은 아주 힘이 들지만 보통의 학원 강사들이 이십대 중반에 겪을 일을 그는 삼십대 후반에 겪게 되지만 그의 큰형이 원장이라 그래도 사정은 나았다. 그가 교단을 나오게 되는 데는 어려움이 컸고 설득을 가장한 협박도 있었고 한번은 사무장이라는 사람이 차에 태워 국도를 달렸을 때는 아, 사람들은 이렇게 죽고 아무도 알지 못하는 데서 죽고 미제 사건이라는 말 범인은 아직 찾지 못했습니다라는 말 그런 말은 아주 많이 쉽게 쓰게 되는 말이구나 생각했다. 사무장의 차에서 간신히 내려 집으로 돌아왔을 때 그는 버릴 것을 다 버리고 혼자 사는 집은 빼버리고 그래서 보증금은 6개월이나 지나서야 받을 수 있었는데 집주인은 아들 결혼식에 다 써서 없다고 했다. 모아놓은 얼마 안 되는 돈으로 호주로 가서 두 달 동안 숨어 지내다 돌아왔다. 그리고 큰형의 학원 근처로 집을 옮겨 학원으로 출근을 하기 시작했다. 학원에 다니며 일주일에 한 번씩 집주인에게 전화를 했다. 새로 이사 온 사람이 있잖아요 그런데 왜 아직 안 보내주시는 거예요 같은 말을 매주

했다. 호주에서 얼굴이 타서 특별히 뭘 한 건 아니었지만 얼굴이 타고 돈이 없고 누군가 쫓아오지 않을까 하는 걱정에 남자는 고달파 보였다. 하지만 누가 더 이상 찾아오지는 않았다. 다미는 8월이 되면 집으로 돌아간다고 말했다. 8월이 되면 바로? 아니요. 8월 되고 좀더 있다가요.

오래된 노트에는 얇은 파란색 볼펜으로 쓴 일기가 이어져 있었고 거기에 코를 대면 헌책 냄새가 났다. 가끔 끝까지 넘겨보지만 끝까지 읽게 되지는 않고 잠시 읽다 덮어두다 그러다 다시 처음부터 다시 읽는다. 아직 수영장에는 가지 못했고 언제쯤 갈 수 있을까 머릿속으로 날짜들을 헤아려보다 관둔다.

폐서회의 친구들

뜻하지도 않게 낭독회에 초대를 받아 가게 되었다. 어떤 낭독회였느냐 하면 한동안 보지 못한 친구가 자신의 책이 나왔다고 연 낭독회였다. 그 친구와 나는 사이가 틀어져 몇 년이나 연락을 하지 않고 지냈는데 어느 날 그 친구를 우연히 마주치게 되었고 막상 그렇게 마주치자 어어어 하는 사이에 둘 다 쑥스럽게 인사를 나누다 근황을 묻고 대답하게 되었다. 어떤 이유로 사이가 틀어졌는가 그런 것은 생각해보면 대강은 기억이 나지만 굳이 기억하려 들지 않았고 의외로 반가운 마음도 들어 아무렇지 않은 듯이 이야기를 하다 헤어졌다. 그렇게 헤어지고 마치 처음 만나 조금씩 친해지는 사람들처럼 오후에 무얼 했니 주말엔 무얼 하니 하며 연락을 주고받았고 그러다 한 번 만나자고 약속을 잡는 일까지 벌이게 되었다. 그때쯤 되자 다시 만났을 때의 가벼운 마음만큼이나 음 이러다 다시 안 보게 될지도 몰라 싶기도 했지만 그래도 즐거움이 앞서는 마음으로 약속 장소로 향하고 있었다.

조금 쑥스러운 기분도 들었는데 그래도 뭐라고 인사도 하고 안부도 건네고 그 친구는 마주 앉자 책을 냈다며 책과 함께 낭독회 초대장을 주었다. 주섬주섬 가지고 온 가방에서 책과 봉투를 꺼내 내게 건넸다. 그것이 하나의 주제가 되어 무언가를 그래도 이야기할 수 있게 되었다. 나는 축하 인사를 건네고 책을 받아 여기저기를 구경하고 그러니까 작가 사진이나 책 디자인이나 작가의 말 같은 것을 보고 함께 받은 봉투를 열어 안에 든 것을 보았다. 그것은 낭독회라고는 하지만 그게 다가 아니었고 3부쯤으로 진행되는 책과 관련된 행사였으며 그만큼 중요한 축이라면 책을 낸 그 친구가 중심이었는데 그 친구가 행사의 많은 부분을 기획했고 그 안에서 낭독도 하고 좌담의 패널도 하고 작가와의 대화도 하고 어디에나 그 친구의 이름이 보였다. 행사 진행 내용을 보고 있을 때 그 친구는 씩 웃으며 장난스럽게 눈을 빛내며 나를 바라보고 있었다.

—이거 봐.

—그게 뭐야?

—이거 입고 너도 함께 좌담에 참여하는 거야.

그 친구의 손에는 흰색 티셔츠가 있었고 나는 그 친구처럼 이게 재미있을 거야 뭔지 모르지만 신나겠지 그런 눈은 되지 않고 어정쩡하게 그래 말하며 티셔츠를 건네받았다. 티셔츠에는 하늘색으로 행사 제목이 색다르게 변형되어 씌어져 있었고 그러니까 낭독회라 치자면 니은에 모음 아가 겹쳐져 있고 이응이 그 밑이 아니라 그 옆에 있거나 하는 식으로 씌어져 있었다. 앞뒤로는 뭐라고 뭐라고 이것이 내 소개라거나 내 설명글이라고 하자면 할 수 있을 것이 몇 줄로 씌어져 있었다.

당신의 민주주의를 향한
고귀한 마음을 기리며
당신의 글과 그것의 향함은
올곧고 확실하다

그 친구는 웃기지 웃기지 말하며 즐거워했고 나는 행사 진행표를 다시 보았는데 1부의 대담에 내 이름이 다른 작가들과 함께 올라가 있었고 친구의 즐거움을 깨지 않으며 이제는 이런 상황들을 이전보다는 능숙하게 거절할 수 있게 되었나 그럴 수 있을까 생각하며 입을 떼 말한다. 이건 너무 갑작스러워 나는 할 수 없을 것 같아, 옷을 만들려면 힘들었겠구나. 나의 글이 민주주의를 위한 것인가 나는 막무가내로 어딘가에 불려 나가고 불려 나가 이야기를 해야 하고 웃어야 하고 그런 것에는 조금 불쾌했지만 참을 만은 했고 그보다는 나라는 것이 다른 방식으로 우스워지는 것이 슬펐지만 어떤 사람들은 우스워지는 상황에서도 쾌활하게 웃으며 이야기를 진행하여 그것이 우스운 것이 아니라는 것을 보여주기도 할 텐데 나는 어떠한지. 방금 전까지 즐거워하던 그 친구는 급격하게 기분이 가라앉아 아무 말도 하지 않았다. 아무 말도 안 하고 핸드폰을 보거나 손가락으로 테이블을 밀거나 하다가 방금 내게 준 티셔츠를 챙겨 일어나 나가더니 보란 듯이 티셔츠를 쓰레기통에 버렸다. 저 티셔츠가 나라고 저런 문구가 나를 설명해줄 것이라고 생각해본 적은 없는데 그러나 해명할 기회도 없이 누군가 저것은 나라고 말하고 쓰레기통에 던져버렸다. 나는 왠지 이상하게 마음이 가벼워져 그 친구의 뒷모습을 향해 그럼 낭독회 날 봐 잘 가 말하고 자리에서 일어나 걷기 시작했다. 어째서 나와 민주주의인가 내가 무엇을 보여주려 하는 게 있다면 그 모든 것이 민주주의라는 어쩐지 비아냥거리는 말속에 담겨버리고 말았다. 아니 민주주의가 비웃음의 대상이 되었달까. 하지만 또 다른 한편에서는 아니야 거기에는 애정이 있어 너를 좋아하는 마음 너를 생각하는 마음이 거기 있어 그 모든 말은 나쁘지 않아 하고 말하고 있었다. 짧은 대화는 어쩐지 처음 약속을 잡을 때의 불안처럼 진행된 듯했고 나는 줄곧 예상했던 일이 벌어진 사람처럼 별수 없지 생각하며 가방을 챙겨 일어나 나간다.

바람이 어느새 차가워져 이제 가을이야 나는 옷깃을 여미며 걷는다. 나를 위한 티셔츠는 버려졌는데 책과 초대장만은 잘 챙겨 들고 왔다. 한편 방금 전의 우스운 취급을 받았다고 느꼈던 것은 잊어버린 채 의외로 나는 그런 자리에 앉으면 잘 해내지 않나 하는 생각이 들기도 했다. 나를 대변하는 것을 잘 해낸다기보다 나를 대변하는 사람 역을 하는 것 말이다. 그런 생각이 들자 나는 티셔츠에 씌어져 있는 대로 그것이 유령이든 원숭이든 곧잘 대변할 수 있을 것이다 생각했지만 그것도 곧 스치는 바람을 맞으며 걷다 보니 잊어버렸다.

집에 돌아와 다시 행사 일정표를 보았는데 내가 만약 그 티셔츠를 좋아했다면 나는 실제 나와 크게 상관없을 수 있지만 사람들이 생각하는 나와 가까울지도 모를 나에 대한 설명이 적힌 티셔츠를 입고 나를 대변하는 나 역할을 맡아 이야기를 하게 될 것이다. 거기에는 각각 다른 자신에 대한 설명이 적힌 티셔츠를 입은 여러 명의 작가들이 나와 각자 자기를 대변하는 것이 계획되어 있었다. 하지만 어떤 식으로 시작되어도 결국에는 하하호호 웃으며 나는 너를 결코 싫어하지 않아 우습게 보지 않아,라고 말하며 끝나는 행사일 것이다. 좌담에 나오기로 계획된 사람들은 모두 그럭저럭 그런 역할을 해낼 사람들로 보였고 티셔츠 같은 것을 입을 수 있고 하소연을 할 수 있고 잘 웃을 수도 있는데 못하는 건 뭐 많겠지. 나는 그 친구와 다시 사이가 틀어진대도 별수 없을 거라고 생각하지만 그러나 동시에 혼자 많은 계획을 하는 사람들은 즐거웠다 풀이 죽고 그럴지도 모른다고 생각했으므로 누구야 나는 갑작스럽게 이야기를 들어 참가할 수 없다고 한 것이야 낭독회에는 참가할 예정이니 그때 보자 잘 준비해 하고 연락을 했다. 한참이나 지나서야 저녁밥을 먹고 포도 주스를 사러 슈퍼에 다녀온 후에야 답장이 와 있었다. 응 하고.

가을이라 그런 행사는 무엇이라도 환영받는지 티셔츠를 입은 작가들이 아무 이야기라도 하는 행사에도 문화를 담당하는 기관과 어째서인지 외국의 한국문화원과 한국의 외국문화원과 몇 개의 출판사가 돈을 내어준다. 그보다 더 어째서인가 알 수 없지만 하는 마음이 들게 하는 것은 2부의 행사였는데 그 행사는 폐서회라는 행사로 책을 찢고 더럽히고 태우는 일의 의의를 서로 나누고 이야기를 주고받고 그러다 결국에는 책을 되도록 많은 책을 없애는 행사였다. 2부에 이야기하기로 예정된 사람들은 1부 행사의 사람들과는 조금 다른 인상이었는데 이 사람들은 어려운 이야기를 잘하고 어려운 책을 많이 읽고 웃거나 사교하는 것보다는 그런 측면이 있다고 많은 갈등이 있다고 말하는 것을 잘하는 사람들이었다. 나는 폐서회는 못 하겠는데 어려운 책을 못 읽고 어려운 말을 들어도 이해가 잘 안 된다. 그중 한 사람은 박물관장의 딸로 5개 국어에 능한 것으로 알려진 사람이었는데 그 사람은 언제부터 자신이 책을 찢기 시작했는가 책을 찢고 버리는 것의 의미에 대한 개인적 고백에서 문학작품 속에 등장하는 폐서회의 친구들에 대해 말한다고 밝히고 있었다. 그것이 큰따옴표 안에 담겨져 큰 글씨로 씌어져 있었다. 폐서회 행사와 관련된 모든 내용은 하늘색이었고 전체 행사 중 그 행사만 개별적으로 엽서 제작이 되어 있었다. 아무튼 나는 책을 찢는 사람이 나오는 작품을 무엇 하나라도 본 적이 없었는데 기가 죽지는 않았지만 아무리 생각해봐도 아무것도 떠오르지 않는 것만은 확실했다. 역시 기가 죽었다. 굳이 책을 찢고 싶지는 않았다. 뒤숭숭한 기분으로 밤 산책을 나섰는데 어느 아줌마 팔에 안겨 있는 흰 개가 나를 보고 미친 것처럼 짖었다. 왈왈 멍멍 컹컹 이런 것이 아니라 어디가 아픈데 나를 보니 더 아픈 것인지 목에서 고통스러운 소리를 내며 케케 하는 소리를 내며 짖고 있었다. 나를 향해서 소리 지르고 있었다 케케 케케. 나는 또 기가 죽었지만 개가 정말로 아픈 것 같아 개가 아픈가 보다 개가 아픈가 봐 개가 어디가 아픈가 개가 들으라고 개 주인이 들으라고 계속 말하며 걸었다. 그렇게 집 주변을 걷다가 한 시간쯤 후 우유를 마시며 집에 들어가려고 하는데 혹시 아까 그 개는 계속 거기 있나 멈칫멈칫 주위를 살피며 반 발자국씩 걸음을 옮겼는데 아까 봤던 흰 개는 보이지 않았고 나는 속으로 설마 사라져버린 것은 아니겠지 그저 집에 돌아간 것이겠지 그것을 또 누가 들으라고 중얼중얼 골목이 들으라고 중얼

중얼거리며 돌아왔다.

다음 날이 되어 친구가 준 초대장을 다시 펴보았다. 낭독회를 아니 그 모든 행사를 하는 장소는 오래된 미술관 건물이었다. 1부 행사는 미술관 내 공원이랄지 정원이랄지에서 진행된다고 씌어져 있었는데 정작 내가 그 자리에 가면 흰색 티셔츠를 입은 작가들을 가엾게 보아야 할지 덤덤하게 보아야 할지 흥미롭게 보아야 할지 역시 가여운 쪽 아니면 부러운 눈으로 보아야 할지. 그게 아닐 수도 있고 흥미로운 쪽이나 굉장한 쪽일 수도 있겠지만 한편으로는 그게 더 가여운 쪽이 아닌가 어째서 누군가 써준 어떤 옷을 입고 자신을 대변하는 일을 능숙하게 함으로 부끄러운 꼴을 모면하려 드나 하고 오랜만에 괜찮은 생각을 했다고 스스로 고개를 끄덕였는데 그러고 보니 나는 어제 그런 능숙한 사람들을 조금 부러워한 거 아닌가 아니었나…… 나도 한편으로는 누구라도 대변할 수 있을 것이라고 도깨비든 나무든 아무렇지도 않은 얼굴로 대변하고 대표하고 설득시킬 수 있다고 생각하지 않았나 아닌가 아니었나…… 낭독회 초청장 같은 것은 그만 뚫어져라 보고 이제 그 친구의 책을 읽어볼까 생각하며 책을 처음 받았을 때처럼 슬쩍슬쩍 구경했다. 책날개를 만져보고 책날개의 문구를 읽어보고 거기 찍힌 작가 사진과는 조금 다르지만 같은 사진가가 찍었을 사진을 보고 책의 종이 냄새를 맡아보고 그러다 책과 나란히 침대에 누워 한 손으로는 책 뒤표지를 만지작거리고 한 손으론 등을 긁다가 잠시 낮잠을 잤다.

잠에서 깨어서는 산책을 가려다가 케케거리며 짖던 하얀 개가 생각나서 그 개가 또 있으려나 있으면 어떻게 하나 어떻게 하긴 무얼 하겠어 뒤에서 천천히 걷는 수밖에 없다. 책상에 앉아 책상 위의 몇 권의 책을 들었다 놨다 하다가 침대 위의 그 친구 책을 보고 이제는 읽어야지 생각하고 책상 위에 올려놓았다. 책상 왼편에 있는 책꽂이에 자연스레 눈이 갔는데 몇 년째 내용을 알 수 없는 그러나 매번 이럴 것이다 저럴 것이다 짐작을 하게 되는 책들을 바라보았다. 폐서회의 사람들은 이런 책들을 볼 때 찢어버리고 싶은 것이다. 문득 그런 것이 아닐까 생각하다가 찢고 업신여김을 당하고 붉은색 색연필로 북북 그어진 책들은 지나치게 생생하여 오히려 더 죽이고 싶어질 것이다. 아직 보지 못한 것들이 읽어내지 못한 것들이 눈에 들어오면 왠지 더욱더 타올라 침을 뱉고 여러 조각내 불쏘시개로 던지고 싶어질 것이다. 그럴지도 모른다고 생각하며 그럼 나도 하는 마음에 그 친구의 책을 반으로 꾹꾹 눌러 편 채 으으으 하고 힘을 주어보려 했지만 그러다 관두었다. 이것은 첫 시작으로는 너무 격렬해. 아는 사람의 것을 찢으려니 이건 부적당해 의미라는 것이 있으니 힘드네 의미라는 것이 없는 책을 찢어보자 그러나 의미라는 것이 없는 책을 도무지 무슨 의미로. 물을 한 잔 마시고 이제는 정말 산책을 가기로 했다. 개와 고양이 들을 만나고 싶다. 어떤 개들은 껴안고 놀고 달리고 싶고 그러고 나서 집에 데려와 품에 안은 채로 잠들고 싶었다. 대부분의 고양이들은 너무 빨랐다. 무슨 생각을 하기 전에 어딘가로 사라져버렸다.

길에는 얼른 사라져버리는 고양이들만이 있었고 흰 개도 없고 다른 개들도 보이지 않았다. 나는 개야 개야 하고 누구나 아무 개나 부르고 싶었다. 작게 개야 개야 두세 번 부르다가 이래서는 아무 개도 오지 않겠다 하고 조용히 앞뒤를 살펴보고 아무도 없구나 알자마자 컹컹 컹컹 하고 짖으며 가볍게 뛰어서 집까지 돌아왔다. 이렇게 해서 개들을 꼬여낼 수 있다면 내가 살 수 있던 선택지 중 가장 엄청난 것을 뽑게 되는 것일 것이다. 언제 어느 학교에 갔고 어디서 돈을 받고 일했고 어느 곳으로 여행을 갔고 거기서 누구를 만났고 누구를 만나 무엇을 했고 하지 않았고 그런 것들보다도 말이다.

책꽂이에는 읽지 못한 책들만 있는 것이 아니라 당연히 이미 읽은 책들이 더 많은데 나는 이미 읽고 또 읽어 여러 번 읽은 책은 어떤 식으로 폐할 수 있나 생각하며 세 권을 골라 책상에 두었다. 어떻게 할 수 있는 것은 없었고 그저 다시 한 번 읽게 되는 일만 생겼다. 너를 찢고 찢기 전에 낙서하고 침 뱉고 라이터로 그을음을 만들고 하는 것을 하려 들면 너는 아는 사람 조금 친한 친구 같았고 나는 심호흡을 하고 페이지를 뒤적이며 좋아하는 부분을 찾아 읽기 시작하게 된다. 그렇게 세 권의 책을 처음부터 끝까지는 아니고 재미있는 부분 좋아하는 부분 잘 알아서 짚어낼 수 있는 그런 부분들에서 시작해 읽고 싶은 만큼 읽는 것을 했는데 새벽 4시가 되어서야 책을 간신히 책상 위에 놓고 침대로 쓰러지듯 몸을 던져 잘 수 있었다. 친한 책을 찢기는 어렵고 실제로 그것을 해보려는 시도 같은 것인가 내가 하는 것이? 아직 그에 미치지 못했고 전혀 본격적이지 않고 앞으로도 그리될 것 같지 않았다. 별것 아닌 우스운 책들을 찢어보려 할 수는 있겠지 낙서를 하고 침을 뱉을 수 있을 것인데 뭣도 아닌 책에 어째서 그런 수고를 해야 하나 침대에 누워 뻣뻣한 고개를 돌리며 들을 사람도 없는데 또다시 중얼중얼 벽이나 침대라도 그 밖에 여기저기 뭐라 부를 수 있는 많은 것들이 있는데 그거라도 들으라고 중얼중얼 거리며 잠이 들었다.

낭독회에 간 날은 아니 낭독회에 간 날이라 해야 할까 폐서회 행사를 보러 간 날이라 해야 할까 슬슬 쌀쌀한 바람이 불기 시작하는 날이었다. 행사장 근처에는 포스터와 현수막이 행사를 알리고 있었고 몇몇 사람들이 나와 같은 방향으로 걷고 있었고 이런 곳에 오는 사람들은 왜 어째선가 비슷한 얼굴과 차림인가 힐끔거리지 않아도 진작 알 수 있었다. 이미 1부 행사 시간이 지나 있었는데 잠깐이라도 보다 갈까 생각하며 정원으로 향했다. 정원이라고 해야 할까 이곳에는 꽃과 나무가 자라지는 않았고 아니 아주 없지는 않았는데 건물 입구에 키 작은 정원수가 아주 조금 자라고 있었고 그 외에는 학교 운동장처럼 모래로 된 바닥이 넓게 펼쳐져 있었다. 아무런 행사도 하지 않는지 대담 안내 배너만이 텅 빈 정원에 서 있었고 기다리는 사람들도 없었다. 바람이 불자 먼지와 모래가 휙 하고 불어와 손으로 얼굴을 가려야 했다. 빠른 걸음으로 건물 안으로 들어가 문 너머로 모래바람이 부는 것을 보았는데 바람이 부는 대로 흙과 모래 들이 마치 이전에 미리 두텁게 쌓아놓았던 것처럼 이동하여 정원 한쪽에 쌓였고 다시 바람이 불면 또 움직여 바닥에 쌓였다. 별스럽지 않다면 그렇게 볼 수도 있을 텐데 나는 이 장면이 뭔가 동화 같다고 해야 하나 만화 같다고 해야 하나 아무튼 불쌍하고 어리고 괴로운 등장인물이 나오는 책의 한 페이지 같아 가만히 서서 그것을 보았다. 그 책의 이름은 겨울의 로완 주인공 이름은 로완 로완의 친구는 로완의 셔츠 주머니에 사는 생쥐 심이었다. 로완의 본명은 로완이었으나 책이 끝날 때까지 그의 성은 나오지 않는다. 로완은 병든 어머니와 함께 살고 있었고 로완은 가난하며 다리를 저는 아이였으며 그러나 로완에게는 착한 마음과 강한 의지와 먼 곳을 볼 줄 아는 능력이 있었다.

—누구 씨. 누구 씨도 오늘 대담에 참석하기로 되어 있었지요?

뒤돌아보니 이전에 몇 번 오며 가며 만났지만 인사 정도나 할 뿐인 사람이 서 있었다. 애쓰고 애쓰면 기억이 날지도 몰라 저 사람의 이름이.

—네, 그런데 아무래도 사정이 못 하게 되어서요.

—그랬던 사람이 많았는지 서너 명이서 몇 마디하고는 금세 끝나버렸어요.

—다들 무슨 말을 하던가요?

—그냥 나는 이런 것을 하고 이런 것을 할 것이다 요즘은 이런 어려움이 있다 이런 거요. 그중에서 뭔가를 굉장히 열심히 어필하려던 사람이 있었는데 참석한 사람들 누구도 그 사람이 뭐 하는 사람인 줄 모르더라고요.

—응, 제가 뭐라도 했어도 다들 그랬을 거예요. 아마 다들 누구라도 모르는 사람들이 의외로 많을 거예요. 뭔가 하고 있기는 할 텐데.

우리는 나란히 서서 점점 더 거세지는 모래흙바람을 보았고 폐서회에 관한 행사 시간은 점점 가까워졌다. 이름이 기억나지 않는 이 사람은 무슨 일을 하는 사람이었더라 잠깐 생각해보아도 떠오르지 않고 로완의 친구 심은 가끔 자기가 주운 치즈를 로완과 나눠 먹었다.

—뭔가 너무 심하네요.

—저기 위층에서 창문을 닫는 소리가 들리지 않아요? 다들 창문을 닫고 있어요.

—폐서회인가 뭔가 그걸 보려고 온 거지요?

—아니 그것도 보면 좋고요. 아는 사람들이 많이 참여하길래 한번 와볼까 싶어서 온 거예요.

문 뒤의 접혀 있는 의자를 펴서 앉았다. 나는 요즘 작업은 잘 되시냐고 넌지시 물었는데 그 사람은 졸업논문이 통과되어 조금 한가해졌다고 말했고 아 저 사람은 어느어느 술자리에서 만난 누구누구의 제자의 친구일 것이야 짐작했다. 어디선가 본 것이 분명하지만 누구인지 도무지 알 수 없는 이 사람은 나와 나란히 앉아 모래바람을 본다. 로완은 심이 나눠준 치즈를 먹거나 학교에서 주는 우유를 마실 수 있었지만 병든 어머니는 무얼 먹을 수 있나 로완은 학교에 가기 전 장작을 패 집에 옮겨놓고 남은 장작은 가게에 팔기도 한다. 학교가 끝난 후에는 가게에 심부름을 하며 어머니가 먹을 빵과 우유와 계란을 산다. 문 앞의 배너가 날아가고 있었다. 배너 살들이 바람 안에서 하나씩 빠져나갔다. 나는 그 사람과 나란히 앉아 모래바람을 계속계속 바라보았다. 입에서는 모래 먼지의 맛이 느껴지는 듯했을 정도였다. 바람이 쉬지 않고 불어왔다. 문도 가끔 덜컹거렸다. 비가 퍼붓는 것이나 쨍한 해의 날이나 모두 실제로 바라보면 모든 것이 후각이나 미각으로 되살아나는 순간이 있었고 비의 냄새와 비의 맛 햇볕의 냄새와 햇볕의 맛 모든 것은 어느 순간 선명하게 되살아나 나를 찾아올 것이다.

—볼라뇨의 소설에 보면요.

—네.

—온갖 명작을 찢고 침을 뱉고 그 앞에서 자위를 해 정액을 묻히고 코피를 흘려 피를 뿌리고 그런 행동을 하는 그룹이 나오거든요.

—아…… 네.

—폐서회 사람들은 그런 걸 보여주진 않겠지.

—행사가 끝나면 물어봐도 되지 않을까요. 뭐 그런 거 있을 거잖아요. 작가와의 대화,라든가 그런 거요.

—그게 뭐 또. 음. 그래도 되겠네요.

그 사람은 눈짓으로 위에 올라가보고 오겠다고 말하고 가방을 챙겨 계단을 올라갔다. 그 사람. 여전히 이름을 모르는 그 사람 끝까지 이름이 생각나지 않았다. 목과 입술이 말라 아이스크림이 먹고 싶어졌다. 로완이 가진 능력이란 미래를 내다볼 수 있는 것은 아니고 다른 사람들보다 좀더 먼 곳을 바라볼 수 있는 것이었다. 장작을 패다 고개 너머의 사슴이 이쪽으로 오는 것이 보였고 장작을 다 패고 집으로 향할 때에는 다른 장작을 패려는 아저씨들이 실제로 오기도 전에 보였다. 그 능력은 로완을 차분하고 무엇이든 준비할 수 있게 만들어주었고 그것이 결국 로완의 성격의 큰 부분을 결정짓게 했다. 정작 그것이 당장 무엇을 가져다주거나 변화시키지는 않았지만 말이다. 바람은 처음보다 거세졌고 그렇다면 로완은 예정보다 더 괴로운 날들을 보내야 하는 것이 맞겠지만 정말로 그렇게 될까. 멀리 내다볼 수 있었던 로완은 자신의 앞날은 알아볼 수 없을 것이다.

가방을 챙겨 계단으로 향했다. 이곳 미술관은 오늘의 행사장인데 어째서 사람들은 관객들은 얼마 전 책을 낸 그 친구는 5개 국어를 한다는 박물관장의 딸은 그 외에 많은 작가들은 기자들은 없는 걸까. 모래바람 때문인가 돌아갈 때는 어떻게 해야 할까 손으로 얼굴을 가린 채 뛰어가야 할까? 혼자 조용히 계단을 올라 5층 행사장으로 향했다. 계단 너머 보이는 복도의 창으로 흙먼지가 몰아치는 것이 보였고 그것은 마치 서로 대화하는 것처럼 인사를 하는 것처럼 한 번 몰아치면 그래 안녕 잘 가 하고 잠잠했다가 다시 다른 방향에서 몰아친다. 이것은 완전히 말도 안 되고 누구의 공감도 못 살 비유야 그렇지 않아? 나는 여전히 듣는 사람은 없지만 벽에 대고 복도에 대고 그렇지 그렇지 하고 중얼중얼. 숨이 가쁜 채로 간신히 5층 행사장에 도착하였다.

박물관 안의 모든 사람은 이곳에 와 있나 봐 나는 회의실이라는 팻말이 붙은 행사장을 채운 사람들을 보았다. 그렇다고 아주 많은 것은 아니었는데 스무 명 가까이 될까 싶은 사람들은 앞을 바라보고 있었고 앞에는 홀로 말을 하는 중년의,라고 하면 아직 그럴 나이는 아니에요,라고 답할 듯한 남자가 가만가만 이야기를 이어나가고 있었다.

—제가 본 가장 악독했다고 할까요 굉장했다고 할까요 뭐 그런 폐서회의 친구들로는 저의 외삼촌이 있습니다. 아마 여태 말씀드린 분들과는 꽤 다른 식일 텐데요. 외삼촌은 글을 쓰지도 어디에서 이름을 날리지도 않았고 그렇다고 다른 폐서회의 친구들과 교류하지도 않았고 홀로 조용히 책을 망가뜨렸던 사람입니다. 조용히 꾸준히 오랫동안요. 외삼촌은 뭐 옛날 사람인데 실제로 나이가 많아서라기보다는 그냥 사람이 옛날 사람인 것이지요. 조용한 곳을 좋아하고 컴퓨터도 쓰지 않고 핸드폰도 없고 편지 쓰는 것을 좋아하고 선비 같은 사람이었는데 그런 사람들은 보통 찾기 어렵더라도 어울릴 만한 사람들과만 어울리겠지요. 신기하게도 잘 없을 듯하지만 그런 사람들은 의외로 여기저기서 조용히 살아가고 있으니까요. 그러니까 여유가 있으면 책을 읽고 혼자 등산을 하고

는 뭐 그런 분이었는데. 아무튼 외삼촌이 어떤 면에서 지독했는가 하면 어울리는 친구분들을 만날 때도 그렇고 집안 어르신이라거나 아는 선생들 집에 초대를 받아가면 꼭 그 집 책을 망가뜨리고 나왔습니다. 사소하게는 뭐 낙서를 한다거나 의미 없이 페이지를 접고 나온다거나 뭐 그런 것이었지요. 그게 이제 컨디션이 좋을 때는 안의 책을 다 찢고 커버만 책꽂이에 남겨놓고 나온다거나 그러면 사실 몇 년이고 모르기도 하니까요 책을 잘 안 읽는다면요. 그런데 외삼촌이 망가뜨린 책의 주인들은 대부분이 다 책을 좋아하는 사람들이었거든요? 책을 좋아하는 사람들의 거대한 책꽂이 안에서 뭐 사실 그런 사람들일 경우 안 읽는 책이 의외로 더 많기도 하니까. 그 안에서 몇 년은 들여다보지 않을 책을 골라서 다 찢고 나온다거나 어떨 때는 책 중간에 라이터로 구멍을 만들고 타오르기 시작하면 바로 앞뒤표지로 눌러서 꺼버린다거나 뭐 그런 장난질 같은 폐서 행위들을 지속적으로 해온 것이지요. 외삼촌의 존함은 조명래로 태어나고 자라기를 한 곳에서 그러니까 중간에 외지로 학교를 다닌 것 말고는 줄곧 한곳에서 지냈는데 외삼촌의 폐서 행위는 외삼촌이 마흔을 넘기자 슬슬 밝혀지기 시작했다고 하는데. 조명래라고 하는 그이가 왠지 수상한 장난을 하는 것 같아 그런 의심을 조용히 품고 있는 사람들이 생겨난 것인데 외삼촌의 놀라운 점은 그런 의심을 갖고 있는 사람들의 집에 일부러 더 찾아가 보란 듯이 책을 조용히 빈틈

없이 망가뜨렸던 것이었습니다.

저 사람은 자기 이야기를 하는 걸까 어쩐지 조명래라는 이름과 어울리는 얼굴의 이제 마흔이 넘어가는 것으로 보이는 작은 체구의 이 남자는 관객들을 웃기려 들지도 그렇다고 굉장한 이야기로 우위에 서려고 들지도 않았다. 가끔 그런 거 있잖아 40년간 한국 땅을 밟지 않은 재미교포 할머니가 처음 미국에 와서 어땠는가를 이야기할 때라거나 1960년대 간호사로 서독에 파견되었던 사람이 카메라 앞에서 질문에 대답할 때라거나 그 사람들은 똑같은 한국어로 말해도 무언가 고풍스럽고 정다웠는데 이런 식이지 그때 내 오라비는 서울에서 학교를 다니고 있었는데 하는 식으로 시작하는 것이다. 가만히 들어보면 육하원칙에 딱 맞게 전개되는 데다가 사전처럼 정확히 사용하는 단어들이라거나 그 밖에도 틀림이 없는 온갖 문법들 그런데도 정다운 느낌의 말솜씨를 가지고 그 사람들은 이야기를 했는데 조명래라는 이름을 빌려 자기 이야기를 하는 것 같은 이 남자의 말투도 꼭 그랬다. 아무튼 이 사람은 그런 말투로 외삼촌이 얼마나 확신을 가지고 자신을 지켜보는 사람들 앞에서 책을 망가뜨렸는지 이야기를 해나갔고 나는 이 사람의 셔츠 주머니에 꽂힌 만년필을 향해 나아가 아무렇지 않게 그것을 빼 슬금슬금 뒷자리로 가 앉았다. 셔츠 주머니에 꽂힌 만년필을 보며 바지 주머니에는 손수건이 있겠지 생각했고 어쩐지 로완은 플랜더스의 개의 주인공 그 아이의 이름은 네로였는데 네로처럼 박명하지는 않고 천천한 걸음으로 오래오래 살아갔을 것이라고 내가 그 페이지를 넘겨보지는 않았지만 필시 그랬을 것이라는 생각이 들었다. 나는 가져온 만년필을 내 셔츠 주머니에 넣었고 이제 조명래를 외삼촌으로 둔 저 사람이라고 하면 너무 길어지니 조명래라고 하자 조명래는 다시 태연하게 내 만년필을 가져갈 것이다. 그의 외삼촌이 지독할 정도로 태연하게 책을 망가뜨려왔던 것처럼 말이다. 아마도 모두가 생각했던 폐서는 책을 찢고 찢은 페이지로 코를 풀고 낱장으로 뜯고 아무런 색이든 색연필로 북북 그어보고 그 모든 것을 활활 태우는 것이 아니었을까. 조명래의 폐서는 본인 말마따나 지독한 데가 있었고 그 이전에 꽤 의외의 방법이어선가 모두들 집중하여 듣고 있었는데 그의 이야기 때문인가 내가 만년필을 가져왔기 때문인가 모두들 타인의 무언가를 조명래만큼 빈틈없고 집요한 자세로 들고 와 지니고 있는 것이 아닌가 나의 지갑 나의 지갑은 그대로다 나의 수첩 나의 수첩도 그대로다 더듬더듬 나의 열쇠 그것도 그대로이다 하지만 이들 각자는 무언가를 빼내고 들고 뒤지고 있을지 몰라 정말 그럴지 몰라 하는 생각으로 왠지 온몸이 긴장되었다.

—저기.

— 네?

어느새 이야기를 마친 조명래는 내 앞으로 와 조심스럽게 혹시 오늘 대담을 하기로 한 작가 누구누구 씨 아닌가요 묻고 나는 그렇다고 고개를 끄덕인다. 그 사람은 내 글에 대해 내 글에서 나타나는 민주주의에 대해 이야기를 시작했고 본인이 내 티셔츠의 문구를 만들었다고 말했다. 우리는 어느새 사람들이 오가는 행사장 안에 나란히 앉아 이야기를 주고받고 있었다. 아니 나는 끄덕끄덕 조명래는 긴 이야기를 마친 후였는데도 아무렇지 않았는지 다시 이야기를 길게 해나가고 있었다. 내가 조명래의 만년필을 빼간 것은 전혀 아무렇지 않은 일이었고 조명래는 문득 기억났다는 듯이 내 글에 관해 이야기하고 있었다. 로완이라면 이 상황에서 차분하게 대처할 수 있었을 거야 로완은 앞에서 오는 사람이 누구인지 그 사람은 어떤 얼굴과 표정을 하고 있는지 알 수 있었을 거니까. 나는 조명래의 만년필을 뺏었지만 사실 그마저도 언제까지 내가 가지고 있을지 안심할 수는 없는 데 비해 조명래는 여유롭기만 했다. 조명래는 이렇게 가뿐하게 차례차례 많은 책을 망가뜨려왔을 것이다. 그러나 조명래가 망가뜨릴 수 없는 책이 있는데 그것은 바로 로완과 심 그리고 로완의 어머니가 등장하는 책으로 로완은 조명래의 얼굴을 보고 모든 페이지를 접어 다른 곳으로 숨을 것이다.

조명래의 이야기를 듣다가 잠시 고개를 창으로 돌렸는데 여전히 흙먼지는 불어오고 있었고 어느새 등장한 호스를 든 미술관 직원이 운동장에 물을 뿌려대고 있었다.

—나는 저 모래가 책을 태울 때 쓰는 것인지 알았어요.

—책을 태울 때 왜 모래가 필요한가요?

—혹시 모르니까 불이 커지면 끄려고요.

—네, 하지만 책을 태우는 일은 없습니다. 수능 끝난 고3들도 그러지는 않을 거에요.

—하지만 여기는……

—미술관이지요.

—폐서회라는 사람들이 뭔가를 한다면서요.

—아 뭐 가끔은 아주 가끔은 태우는 사람들도 있겠지만……

—네……

나는 고개를 끄덕이며 점점 잦아드는 흙먼지를 바라보았고 조명래는 아무 말이 없었지만 자리를 뜨지 않고 여전히 무언가 하고 싶은 말이 많은 표정이었다. 천천히 고개를 돌려 조명래의 얼굴을 가만히 보았다. 나는 할 말이 많아서 벽에다 골목에다 대고 중얼중얼하고 그것으로 지금 아무 말도 안 하고 있을 수 있었다. 말을 잘하는 조명래는 벽에 대고 말을 하지는 않을 것이다.

—어째서 제 설명을 그렇게 쓰신 거예요? 크게 싫은 건 아니에요.

—싫으신 건가요?

—아니 그냥 궁금해서요.

—그게 아까 말한 건데요. 그것과 관련이 있어요 분명히.

조명래는 다시 나의 글에 대해 이야기하기 시작하고 보통 때 나라면 긴장하거나 쑥스러워했을 텐데 지금만큼은 아무런 생각도 들지 않고 단지 이 자리를 얼른 떠나고 싶다는 생각과 왜인지 조명래를 화나게 하거나 어깨를 흔들어보고 싶다는 생각이 든다. 그게 아니라면 조명래를 다른 자리에서 만나 예를 들어 조용한 사무실이나 회사원들이 점심을 먹고 들르는 광화문의 카페라거나 그런 곳에서 만나 아 조명래는 크게 말이 많은 것도 아니고 그저 보통 모든 것이 보통이구나 하고 깨닫고 싶기도 했다.

하지만 그중 어느 것도 하지 않았는데. 나는 자리에서 일어나 계단을 내려갔다. 조금은 잠잠해진 흙먼지를 향해 걸어갔다. 정말로 조명래를 어떻게 하지 않았다. 앞으로는 모르겠지만 적어도 그날에 어떻게 하지는 않았다. 침을 뱉거나 욕을 해서 화나게 하지 않았고 어깨를 붙잡고 흔들지도 않았고 눈을 마주치고 웃으며 다음에 보자고 하며 연락처를 받지도 않았다. 그리고 어떻게 된 것은 없지만 어떻게 되었는가 하면 폐서회에 관한 행사는 그 뒤로 어떻게 진행되었나 알 수가 없었고 조명래로부터 가져온 만년필은 여전히 가지고 있다. 볼 때마다 괜한 짓을 했다고 생각한다. 나는 책을 태우고 싶지 않다. 가끔 다시 떠올려봐도 역시 책을 태우고 싶지 않았다 정말. 그래선가 내가 여전히 조금도 알지 못하는 게 있다면 그것은 폐서회의 친구들이지 않나. 폐서회인 동시에 폐서회의 친구들인 모르는 사람들이지 않나. 가끔 그런 생각을 할 뿐이었다.

9월 도쿄에서

올해 초 「주사위 주사위 주사위」라는 단편을 쓰고 발표하였다. 그 소설은 얼마 전 개관한 국립아시아문화전당이 공사중이던 시기 그 공사장 주변을 산책하며 들었던 이런저런 생각을 쓴 것이다. 아시아문화전당의 공사장 너머로 인부들을 위한 임시 화장실이 보였는데 그 화장실을 보며 이전에 글로만 보았던 한 연극의 줄거리가 떠올랐고 그 연극에서는 화장실에서 사람들이 만나게 되는데 내 눈앞의 공사장 임시 화장실에서는 누가 나타날까, 나타날 수는 있나 나타나기는 하나 그런 생각을 쓴 소설이었다. 그때 이야기한 연극은 '바람의 여단'의 「수정의 밤」이라는 작품이었다.

이 소설을 쓸 때만 해도 물론 아직 1년도 안 된 이야기이지만 '바람의 여단'이라는 극단이 해체를 했다는 것도 몰랐고 이후 '바람의 여단'을 이끌던 사쿠라이 다이조가 '야전의 달'이라는 극단을 만들어 10년 이상 활동하고 있었다는 것도 알지 못했다. 그 연극에서 인상적이었던 부분은 변기 속에 숨어든 조선인 노동자가 천황인 체한다는 것과 거기에 조선인 위안부는 그를 정말로 천황으로 생각한다는 점이었는데 그러한 내용의 연극이 가능하구나 하는 것이 조금 놀라웠다. 그러나 그 연극을 본다거나 하는 것은 생각지도 못한 일이었고 그저 그런 연극이 있었구나 그런 것을 했던 사람들이 있었구나 하는 식으로 생각했다. 그들이 만든 연극을 본다는 것이 아주 불가능한 일처럼 느껴지지는 않았지만 그렇다고 어떤 식으로 가능할지, 한국에 그들에 대한 소개는 거의 되어 있지 않았고 '바람의 여단'에 대한 설명도 그에 대해 본격적으로 다룬 책이 아닌 3·11에 관한 책의 옮긴이의 글에 실린 정도였던 것이다. 아무튼 막연한 생각으로 아 그런 연극이 있었구나 하는 마음으로 조선인 노동자와 위안부 그리고 똥으로 범벅 된 아이가 만들어내는 공간에 대해 계속 생각했다. 나는 아시아문화전당이 세워지기 위해서는 5·18 당시의 역사가 남은 구도청 일부를 철거해야 한다는 사실을 알고 있었고 그 사실을 알고 눈앞의 공사장을 보면 멀리 아직 남아 있는 구도청의 창백한 색과 이미 금이 가 있는 아주 얇은 유리창이 무언가……

여기 안에는 아직 보지 못한 것들이 있다, 죽은 자들만이 본 것이 있다, 그러나 그것이 단지 어떤 정신적인 것 막연한 것 이지만은 않을 것이라고 생각했다. 눈에 보이고 만질 수 있는 것들이 아무렇지 않게 찾아와 뒹굴 것이라고 그런 생각이 들었고 그런 생각을 하고 보면 곧 일부가 헐릴 그 건물이 하얗고 하얀색의 그 건물이 전혀 허약해 보이지 않았다. 사라져도 계속 누군가를 놀리고 던지고 할 수 있을 것 같았다. 극장이란 무엇일까. 곧 헐릴 것이지만 커다란 것들 새것과 강한 것들에 전혀 영향을 받지 않는 것처럼 보이던 구도청에 대해 생각했다. 그리고 저곳에도 무언가가 계속 찾아올 것이라고 나는 그것을 믿게 되었다. 그것은 혼이라든가 정신만이 아니고 눈에 보이고 우리가 잡고 던질 수 있는 것이기도 하다.

그리고 한 달쯤 뒤의 일로, 우연히 지인과 함께 윤여일을 만나게 되었다. 그는 앞서 말한 3·11과 관련된 책의 옮긴이였고 '바람의 여단'에 관해 언급한 사람이었다. 그는 4월에는 교토로 가 연구를 하게 될 것 같다고 하였다. 그와 이야기를 하다 내가 오키나와에 관심이 많고 도미야마 이치로의 글을 인상적으로 읽었다는 이야기가 나왔고 그는 교토에 간다면 도미야마 이치로의 연구실에서 공부를 하게 될 것이라고 했다. 그 자리에서 '바람의 여단'에 관한 이야기를 많이 하지는 않았지만 그가 가진 계획이나 앞으로 집중할 내용 등에 대해 이야기를 나누었던 기억이 난다. 그다음 주였나 그 다다음 주였나 '수유너머' 주최의 도미야마 이치로 좌담회가 있었고 윤여일은 그 행사를 소개해주었다. 이후 도미야마 이치로와 윤여일, 그 외 두셋 정도가 더 참여한 작은 대화의 시간을 갖는 기회가 생겼고 그때 윤여일과 글쓰기라든가 앞으로의 방향에 대해 좀더 이야기를 나눌 수 있었다. 그때 나는 도미야마 이치로에게 글을 쓸 때 어떤 독자를 생각하고 쓰느냐고 물었는데 그는 구체적으로 어떤 친구나 이전에 공부했던 학생에게 편지를 보내는 기분으로 쓸 때가 많다고 하였다. 도미야마 이치로와 만난 다음 주였던 것 같은데 나는 광주와 5·18 문학에 대해 이야기해야 하는 자리에 참석해야 했는데 그 자리에 참석을 앞두고 그간 줄곧 품어왔던 의문이 좀더 명확해졌는데 그러니까 나는 이전에 5·18에 관한 소설을 쓴 적이 있는데 실제 내가 그 소설에서 묻고 싶었던 것은,이라고 해야 할지 해보고 싶었던 것은 많은 글에서 당연히 이루어지는 혹은 이루어지지 않을 수 없는 대단원의 막, 의의와 지켜야 할 가치에 가기 전의 공간, 그 공간에 서서 그 공간에 멈춰 있는 상태로 눈에 보이는 것을 제대로 보는 것 같은 것이었다. 여전히 나는 공간과 기억을 그것이 어떤 식으로 흘러가 멈추는지 멈추지 않는지에 대해 늘 쓰고 싶다. 역사라는 것을 내 안에서 다른 식으로 그것이 어딘가에 멈춰 있더라도 공원에 앉아 그냥 우는 것이라도 그것이 결국 의미화될 수밖에 없고 의미화되어야만 하는 것일지라도 거기에 앉아 있는 상태 같은 것을 어떤 식으로든 계속 쓰고 싶었다. 그런 의문이 조금 구체화된 것은 도미야마 이치로와의 대담에서 이진경이 발표했던 글을 보고 나서였다. 그는 5·18 당시 시위를 이끌었던 사람들의 증언을 언급했는데 그 증언의 내용이 '길을 가다 사람들을 만나 기뻤고 빵을 주니 빵을 먹어서 좋았다'는 의외의 내용이었다. 그 의외의 내용에 대해 이진경은 연대의 가능성에 대해 이야기를 하며 글을 결론지었다. 나 역시 그런 식의 글 외에는 다른 식의 어떤 것을 쓸 수 있을 것 같지는 않았다. 그리고 실제로 그런 증언을 곱씹어보고 그 증언이 가닿는 곳을 생각해본다면 그것은 홀로 거리에 있던 자가 나와 같은 사람을 만나는 데서 느낄 수 있는 우정과 연대일 것이며 5월의 광주에는 그것이 흐르고 있었을 것이다. 이전에 나는 어머니에게 5·18 당시의 이야기를 물었던 적이 있는데 어머니는 이런 저런 이야기를 하시다가 사람들은 길가에 우르르 나가서 구경을 많이 했다고 했다. 사람들을 쫓아다니며 무슨 일이 있나 구경을 하러 나갔다고 했다. 빵을 주니 빵을 먹어서 좋았고 길에 사람들이 한번에 우르르 다니니 무슨 일이 있나 구경을 다니고 그런 이야기에는 그 말 자체를 둘러싼 여러 가지 것들이 있을 것이다. 그런데 그때 나는 아니 여전히 나는 빵을 주니 빵을 먹어서 좋았다에서 멈춰 그 자리에 앉아서 더 나아가지 않고 가만히 있겠다는 생각을 했다. 그 자리에서 무엇이 보이는지 볼 것이라고 생각했다. 그저 어떤 자리에 멈춰버리는 것, 멈춰버리는 공간을 겹쳤을 때 나는 그것이 어떤 형태로 나에게 다가오는지에 대한 생각들을 줄곧 하고 있다. 또한 당분간 하게 될 고민이 그것이라고 생각한다.

윤여일이 교토로 간 후 몇 번 메일을 주고받았다. 그는 9월 첫째 주 사쿠라이 다이조가 새로운 공연을 올린다고 하였고 그것을 함께 보고 이야기하는 것은 어떤가 하는 이야기를 하였고 나는 그렇게 하기로 하였다. 그때까지만 해도 나는 사쿠라이 다이조에 대해 아는 것이 거의 없었다. 하지만 왠지 가야할 것 같았는데 그건 아마도 짧은 몇 줄이었지만 그와 그의 연극에 대한 인상이 강렬했기 때문이었고 두번째 이유는 어떤 벌어지는 일에 몸을 맡기고 싶은 마음, 무슨 일이 일어날지 보고 싶다라는 마음 때문이었다. 이후 윤여일은 본인이 쓴 「정치의 원점」이라는 글을 보내주었다. 그것은 사쿠라이 다이조의 대학 시절에서 현재까지의 이야기를 텐트 연극을 중심으로 쓴 글이었다. 그 글을 읽고 들었던 피하고 싶음과 만나고 싶음이 강하게 뒤섞인 감정을 기억한다. 사쿠라이 다이조는 1970년대 우치게바로 친구들을 잃은 것에서 시작해, 텐트를 메고 홋카이도에서 오키나와까지 일본 곳곳의 버려진 곳 탈락된 곳으로 향했고 그곳에서 관객으로 온 야쿠자들이 필로폰을 하고 있는 앞에서 일본이 식민지 노동자들에게 어떻게 필로폰을 썼는가 하는 내용의 장면을 연기해야 했고 몇 번이나 무대에서 천황을 죽였고 수배 중인 일본 적군파나 동아시아 무장전선 멤버들이 조명기 뒤에 있기도 했고 1970년대 극장 붐과는 무관하게 텐트만을 밀고 나아가 아직 저런 것을 하는 시대에 탈락한 사람으로 취급받았다. 그사이 동료들은 좌절하기도 괴로워하기도 했고 결국 떠나기도 했다. 이후 그는 광주로 가 조선의 한국의 역사를 체험하고 그것을 새로이 시작한 '바람의 여단'의 시작으로 삼았다. 여기까지가 내가 읽은 사쿠라이 다이조의 텐트 연극사의 절반 정도에 해당하는 내용으로 그는 이후 지금까지도 현재와 역사와 긴장감을 가지고 텐트 연극을 지속하고 있다. 이런 사람을 만나서 무슨 이야기를 할 수 있을까? 아무 이야기를 하지 않더라도 듣는 것만으로도 나라는 얇은 존재가 흔들릴 것 같았다.

작년 서울미디어아트비엔날레에서 「시게노부 메이와 시게노부 후사코, 아다치 마사오의 원정, 그리고 이미지 없는 27년」이라는 작품을 보았다. 에릭 보들레르라는 프랑스 작가의 작품으로, 일본 적군파 대표로 팔레스타인 해방운동을 했던 시게노부 후사코와 그의 딸 메이, 영화감독인 아다치 마사오에 관한 영화였다. 아다치 마사오는 동료인 와카마츠 코지와 칸에 초청되어 참석했다가 돌아오는 길에 베이루트로 간다. 그곳에서 '팔레스타인 해방 인민전선(PFLP)'의 활동을 기록하였고 이후 일본으로 돌아와 영화 작업을 하다 1974년 다시 베이루트로 돌아가 2000년대 초반 일본으로 강제 입국될 때까지 일본으로 돌아가지 않는다. 에릭 보들레르의 이 작품에서 가장 인상적이었던 것은 아다치 마사오의 목소리에서 '나는 이런 것을 했다'라는 식의 느낌이 거의 없었다는 것이다. 그는 요즘은 편의점 앞에서 젊은이들이 하는 이야기를 들어본다고 하였다. 그에게는 과장도 자기 연민도 없었고 다소 초연한 목소리로 여전히 사회와의 긴장감을 가진 채 주변의 것을 이야기하고 있었다. 그는 어떻게 그런 상태를 계속할 수 있는가. 눈앞에서 그를 만난다고 해도 나는 그것에 대한 답보다도 강한 눈빛 같은 것을 마주하게 될 것이라고 생각했다. 거기서 아다치 마사오는 멤버들의 활동 내용을 카메라로 촬영했지만 모두 사라지고 없다고 했다. 시게노부 후사코의 딸 메이는 안전의 문제로 이사를 갈 때도, 기쁘거나 기념할 만한 순간에도 사진을 거의 찍을 수 없었다고 했고 찍은 사진도 거처를 옮길 때마다 모두 없애야만 했다고 했다. 실제로 그들은 사람들이 죽는 것을 많이 보았을 것이고 살아 있을 때도 많은 상황을 마음에 떠안고 있었을 것이다.

9월 2일 도쿄에 도착해 공연 장소인 쇼와공원 옆 공터로 향했다. 공연 장소를 쇼와공원으로 알고 있어 30분이 넘게 헤맸지만 공연 장소는 공원 안이 아니라 쇼와공원 왼편의 공터

였다. 공터를 따라 향하는 길에 멀리서 붉게 빛나는 野戦の月(야전의 달)이라는 천에 씌어진 글자가 보였다. 공터의 펜스를 지나 왜인지 서 있는 포크레인을 지나 역시나 천막으로 만들어진 매표소를 지나 텐트 안으로 들어갔다. 객석은 나무로 만들어진 나란히 앉을 수 있는 긴 의자로 되어 있었고 맨 앞은 방석을 깔고 앉을 수 있었다. 나는 나무로 된 의자가 아니라 맨 앞에 앉아 공연을 보았다. 공연의 내용은 이해할 수 없는 것들이 많았지만 대략적으로 도쿄 한복판에 있는 허름한 쇼핑몰을 중심으로 몇 가지 역사적 시간과 공간이 흘러가고 엇갈리는 내용이었다. 예를 들어 오키나와로 짐작되는 기지 앞 숙소에서 세탁 일을 맡아 하던 어머니 밑에서 자란 어린 시절을 가진 여자는 숙소에서 보았던 여자애 세 명을 기억하는데 그 여자애 세 명이 쇼핑몰에서 등장해 자신의 이야기를 한다던가, 쇼핑몰의 할아버지 경비는 자신이 어릴 적 잠시 머물던 오키나와 기지 앞 숙소에 여자애 세 명이 있었는데 그 숙소가 나중에는 불타서 사라졌는데 시체는 한 구도 발견할 수 없었다거나, 여자애 세 명 중 한 명은 탄광에서 일하는 중국인 노동자에게 물과 먹을 것을 주는데 이 노동자는 삼대째 탄광 노동자로 할아버지의 꿈을 계속 꾼다던가 하는 내용이다. 사람들의 입에서 캠프 슈와브가 베트남과 오키나와가 홋카이도 구시로가 반복되었다. 그렇게 시간과 공간은 엇갈리고 하지만 그것이 꼭 엇갈리는 것일까? 반복되는 죽음을 아

는 사람들은 알지 못하는 시간의 사람들도 한번에 이해하고 받아들이고 있었다. 공연의 후반부의 대사로 기억에 남는 것이 있는데 정확하지는 않지만 대략 이야기가 되지 못하는 이야기들이 곳곳에 있다는 내용이었다.

윤여일에게 간단한 설명을 듣기로 극단의 멤버들은 '바람의 여단' 시절부터 함께한 사람들도 있고 '야전의 달' 시절부터 함께한 사람들도 있고 짧게는 들어온 지 6개월 정도밖에 안 된 사람들도 있다고 했다. 대부분 다른 직업을 갖고 일을 하다 공연을 준비한다고 들었다. 2000년대 들어 사쿠라이 다이조는 타이완과 중국에서 공연을 여러 차례 가졌는데 그때 우연히 공연에 참여하게 되어 이번 공연에 함께 한 사람도 있었다. 그는 화가로, 중국에서는 학생들에게 미술을 가르쳤으나 텐트 연극을 하기 위해 도쿄로 왔다고 했다. 사쿠라이 다이조는 텐트 연극을 지속하기 위해 퍼즐을 만들어 파는 일을 했는데 그 퍼즐 회사에서 편집을 담당하던 직원도 이번 공연에 참여했다고 했다. 또한 공연 중간중간 다 같이 합창하는 장면들이 몇 번 있었는데 화~일 총 여섯 번 공연 중 나는 세 번을 봤는데 그때마다 노래 부르는 사람들이 몇 번 바뀌는 것을 눈치챘는데 모두 이러저러한 인연으로 모여 어느 날 한번 무대에 오르거나 하는 경우가 종종 있는 듯했다. 공연을 다 보고 나서도 강한 느낌 때문에 마음이 좀처럼 가라앉지 않았는데 그중에서도 가장 강한 느낌을 받았던 것이 배우이며 댄서인 '류'였다. 그는 공연 안에서 노래도 부르고 춤도 추고 대사도 하는데 춤을 출 때의 모습이 강해서 순간적으로 '보는 것', '보는 것'을 내가 지금 하고 있다는 생각을 (이 공연의 대부분의 시간이 그랬지만 특히 더) 사라지게 했다. 류는 다 함께 노래를 부를 때에는 갓난아기가 배가 고파 우는 것 같은 얼굴로 노래를 불렀다. 공연이 끝나고 아무 말도 안 하고 있는 그를 봤는데 무대에서와는 전혀 다른 물 같은 얼굴을 하고 있었다. 흐르는 시냇물 같은 얼굴 물컵에 담긴 물 같은 표정이었다. 이후 두 번의 공연을 더 보아도 그는 무언가 익숙해지고 있다라는 감각이 거의 없어 보였다. 여전히 얼굴을 찡그린 채 있는 힘껏 아이처럼 노래 불렀고 뭐라고 해야 할까 설명할 입이 잘 떨어지지 않는 동작으로 춤을 추었다. 연기를 할 때도 어쩐지 아이 같은 얼굴이었는데 그 얼굴은 어릴 때 알았지만 이후 몇십 년간 만난 적이 없는 그런 사라져버린 아이를 보는 것 같은 이상한 감정을 불러일으켰다.

수요일 공연이 다 끝나고 관객과 단원 들은 관객들이 한 병씩 준비해온 술을 다 함께 나눠 마시며 이야기를 나누었다. 윤여일은 사쿠라이 다이조와 단원들에게 나를 소개시켜주었다. 그렇게 사람들과 이야기를 하다 고개를 돌려 텐트 안을 보았을 때 어쩐지 낯이 익은 사람이 보였다. 나는 분명히

저 사람을 아는데 왜 어떻게 아는지 떠오르지 않지, 옆에 있는 사람에게 저분 얼굴 알지 않아요? 물어도 알 수가 없었다. 속으로 계속 아 저 사람 아는 사람인데 누구지……, 계속 생각해도 떠오르지 않아 잊고 있었을 때 사쿠라이 다이조가 친구가 와서 인사하고 와야겠다고 하며 잠시 자리를 떴다. 그가 돌아왔을 때 영화감독인 친구가 신작을 만들었는데 거기에 자신이 조금 등장한다고 했다. 감독의 이름을 물었을 때 사쿠라이 다이조의 입에서 나온 이름은 아다치 마사오였다.

목요일 공연이 끝나고 윤여일과 잠시 이야기를 하였는데 그는 소설을 출간하고 인터뷰를 하거나 독자를 만날 때의 대화에 대해 물었다. 그에 대해 나는 거의 횡설수설하며 답을 했는데 왜냐하면 그런 식으로 누군가를 실제로 대면하는 것에 대해 사실 진지하게 생각해본 적이 거의 없었던 것이다. 너와 내가 만나 대화를 통해 공간이 만들어진다는 감각이 내게는 없었다. 나는 아직도 그에 대한 대답을 제대로 못한 것에 부끄러움을 가지고 있다. 앞으로도 대답은 제대로 하지 못할 것이다. 하지만 누군가를 대면한다는 마음 그것을 계속 갖고 있을 것이다. 그것을 한국에 돌아와서도 여러 번 생각하였다.

서울로 돌아와 내내 이번에 본 공연의 내용처럼 나라는 사람의 시간과 공간이 제각각 서로 엇갈리고 있었다. 마음의 온

도도 어떨 때는 너무 뜨거워 눈앞의 서울과 맞출 수가 없었다. 그럴수록 더욱 냉정하게 내가 본 것에 대해 지나치게 생각하지 않으려 애썼다. 돌아와서 며칠간은 이전에 갖지 않았던 사람들이 주고받는 말에 대한 의심을 강하게 품게 되었는데 그것은 말이라는 것에 이전보다 훨씬 예민해지게 되었기 때문이다. 이 말이 정말로 나에게 하는 말인가, 이것은 어떤 말인가, 이런 하나 마나 한 말들 사이에서 어떤 식으로 예민한 상태를 유지할 수 있는가 같은 질문이 머리와 마음속을 뱅글뱅글 맴돌았다. 나의 말도 크게 다르지 않을지 모르지만 돌아와서 며칠간은 모든 말들에 훨씬 조심스레 더듬거리며 다가가게 되었다. 그런 상태로 몇 가지 말들을 불러보게 되는데 독립된 인간이라는 말, 무리를 만든다라는 말, 동료와 친구라는 말, 공간과 기억, 시간과 역사, 죽음을 지고 가는 사람들과 많은 이들의 이름을 불러 보았다, 사쿠라이 다이조에게, 아다치 마사오에게, 이야기가 되지 못한 채 흩어져 있는 이야기들에게 탈락되고 버려진 이야기들에게 나는 뒤의 말을 더하지 못하고 계속해서 이름을 불러보게 되었다. 길을 걷다가 잠이 들려는 침대에서 창가에 서서 그렇게 말이다. 나는 길 위에 서 있고 여전히 이름들을 불러보고 있으며 계속해서 가고 있다.

* 이 글은 『말과활』(2016년 10월호)에 수록된 저자의 글을 일부 수정한 것이다.

수록 작품 발표 지면

어두운 밤을 향해 흔들흔들 『21세기문학』 2014년 봄호
우리는 매일 오후에 『현대문학』 2012년 8월호
정창희에게 『문학동네』 2014년 여름호
겨울의 눈빛 『창작과비평』 2013년 여름호
부산에 가면 만나게 될 거야 『문학들』 2012년 봄호
너무의 극장 『문학과사회』 2011년 겨울호
주사위 주사위 주사위 『현대문학』 2015년 2월호
수영장 테마 소설집 『첨벙』(한겨레출판, 2014)
폐서회의 친구들 『한국문학』 2013년 겨울호